Impressum

© 2018 Henri J. Becker

Umschlaggestaltung : Henri J. Becker

Verlag und Druck : tredition Gmbh, Halenreie 40- 44, 22359 Hamburg

ISBN Taschenbuch :   978-3-7482- 0792-4

ISBN Hardcover :   978-3-7482-0793-1

ISBN e –Book :   978- 3 -7482 -0794-8

Bibliografische Information der deutschen Nationalbibliothek:

Die Deutsche Nationalbibliothek verzeichnet diese Publikation in der Deutschen Nationalbiografie ; detaillierte bibliografische Daten sind im Internet über http://dnb.d-nb.de abrufbar.

Henri J. Becker

Die Zukunft ist phantastisch

Inhalt

Endlich ist unser Dasein

Unendlich aber oft der Wunsch

Endlos in ihm zu bleiben.

Café-Szene

Sie schien sich tatsächlich für ihn zu interessieren. Um die zwanzig mochte sie sein. Ein schönes, kluges Gesicht, eine wohlproportionierte stattliche Figur, kräftig, aber nicht übertrieben, volle weibliche Formen, aber mädchenhaft, ohne jeden Anflug von Übergewicht, blonde Haare, blaue Augen und eine makellos reine Haut. Sie musste ihm ins Auge fallen. Zudem schien sie flink und behende. Langsamer Gang, lahmes Daherschleichen schon in jungen Jahren flößten ihm immer Skepsis ein. Er liebte das Volle, er liebte das Agile. Die Vorzüge, die er bei ihr sah, beeindruckten ihn in ihrer Summe so sehr, dass Neugier in ihm aufkam, Neugier auch auf innere Werte, auf jene, die sich erst im Laufe der Zeit in der Auseinandersetzung mit den mannigfaltigen Situationen und Problemen des Daseins zeigten.

Sie saß gemeinsam mit einer hübschen Freundin einige Tische entfernt von ihm auf der Café-Terrasse. Ein schönes weißes Kleid ließ die leichte Bräune ihrer wohlgeformten Arme und Beine zur Geltung kommen. Hier war es, wo er die beiden Mädchen schon einige Male gesehen hatte. Aus einem tiefblauen wolkenfreien Sommerhimmel ließ die strahlende Mittagssonne auf der lichtüberfluteten Terrasse alle Farben und Gegenstände aufleuchten und aufblitzen und schien frohe Mienen und ein Lachen auf die Gesichter aller Besucher zu zaubern. Des Öfteren kam ein freundlicher Blick von ihr zu ihm herüber und die beiden schienen sich manchmal über ihn, und das nicht zum ersten Mal, zu unterhalten. Aber da konnte man sich natürlich sehr täuschen.

Er winkte der Kellnerin gerade, um sich eine neue Perrier-Citron zu bestellen, als der Anruf kam. Er lenkte ihn ab. Am Telefon, eine ihm unbekannte, jung klingende Dame. Ihr Anliegen: Ein Besonderes. Als er sein Handy wieder zur Seite legte, hatten die beiden Mädchen, die Blonde und die Brünette, sich erhoben und verließen das Café.

Das Angebot

Das Angebot war sehr verlockend. Und verlockend war auch seine Überbringerin: sehr attraktiv, dezentes Dekolleté, sehr gepflegt, sehr freundlich, zugleich sehr respektvoll. Es war die Dame, deren Anruf er vor ein paar Tagen im Café entgegengenommen hatte und die sich ihm als Repräsentantin eines sehr renommierten ausländischen Institutes vorgestellt hatte. Ihr Name «Schmit, Nadine Schmit». Das Institut offerierte beste Konditionen, wenn er zu ihm wechseln würde: eine leitende Position, traumhaftes Gehalt, Wagen und, wenn er das wünschte, ein hübsches Haus als Wohnsitz, für das sein neuer Arbeitgeber die Miete übernehmen würde.

Obwohl seine Entscheidung, das Angebot nicht anzunehmen, schon feststand, hielt das freundliche Wesen seiner Gesprächspartnerin, ihn dennoch davon ab, ihren Vorschlag mit einem sofortigen, klaren

«Nein» abzulehnen. Vielmehr sagte er, er wolle sich die Sache überlegen.

«Rufen Sie mich an!», lächelte sie, nachdem sie sich noch eine kleine Weile über einige nette, aber unverfängliche Themen unterhalten hatten, überreichte ihm ihre Visitenkarte - und bedeutete der Kellnerin, dass sie zu zahlen wünschte. «Das geht aufs Haus», lachte sie, was er aber diesmal rundherum ablehnte. «Sie sind eingeladen», beharrte er. «Vielen Dank noch einmal, dass Sie sich die Zeit genommen haben», rundete sie ihr gemeinsames Treffen ab, als sie das Lokal zusammen verlassen hatten und verabschiedete sich.

Allerlei Fragen kamen auf dem Nachhauseweg in ihm hoch. Hatte das Angebot am Ende etwas damit zu tun, dass seine Arbeitsgruppe ein schon bald reifes Produkt in der Pipeline hatte, das einen ersten wirklichen Durchbruch bedeutete? Hatte jemand am Institut geplaudert?

Zu Hause holte er die in einer Schublade verwahrte Rede hervor, die der Direktor bei der Eröffnung ihres Institutes vor einer Reihe von Jahren gehalten hatte. Sein Platz war nicht dort, wo es die schönsten Gehälter gab, sondern dort , wo seinem Gespür nach die vielversprechendsten Projekte liefen, das Beste derzeit geleistet wurde, um einen alten Menschheitswunsch Wirklichkeit werden zu lassen. Was ihn interessierte, was ihn umtrieb und antrieb, das war ...

Der Bau der Pyramide

Gibt es Sinnvolleres,

als die Möglichkeiten

eines endlichen Daseins

endlos zu erweitern?

Die feierliche, etwas umständliche Begrüßung der Anwesenden - Politiker, Wissenschafler, Leute aus der Wirtschaft –überflog er, dann las er:

"Endlichkeit und Begrenztheit überwinden: ist das nicht seit jeher ein Drang des Menschen? So haben uns im Laufe der Zeit immer modernere Verkehrs- und Kommunikationsmittel geholfen, räumliche und zeitliche Entfernungen zu überwinden. Verletzungen und Krankheiten, die früher oft ein Todesurteil bedeuteten, können heute geheilt werden usw. Geschichte, meine Damen und Herren, kann auch geschrieben werden als Geschichte der Versuche, die Möglichkeiten des menschlichen Lebens zu erweitern. Hierhin gehört auch der Wunsch, das normale Altern substantiell zu verlangsamen und vielleicht dabei sogar die maximale Lebensspanne des Menschen zu vergrößern.

Aber außer einigen – oft noch umstrittenen – Ratschlägen zur gesunden Lebensführung steht uns bisher hier nicht viel zur Verfügung. Irgendwann sind selbst bei gesündester Lebensweise alle Möglichkeiten der Reparatur, der Erneuerung, der Regeneration des Körpers erschöpft. Daher bedarf es eines Eingreifens **von außen** , um ein solches Ziel zu erreichen.

Im Prinzip ist die Sache einfach: Könnten wir in einem Körper umherwandern wie in einer großen Fabrik, deren Bestandteile und Prozesse wir alle sehen und greifen könnten – versteht man das nicht in irgendeinem virtuellen Sinne, sondern nimmt man das wörtlich, müssten wir allerdings kleiner als dieser Körper sein – kurzum könnten wir das, dann wäre es bei entsprechendem Arbeitsaufwand, im Prinzip, möglich, alles in diesem Körper zu reparieren und zu erneuern. Allerdings besteht der Körper des Menschen aus extrem vielen Zellen und daher bedürfte es wohl bei einem Reparaturrundgang weit mehr als nur einem einzigen Arbeitstrupp allein an der Zahl. Je mehr wir also über Mittel verfügen, im Bereich des Allerkleinsten erkennen und eingreifen, komplexe, ineinandergreifende Prozesse und Regelkreise berechnen zu können, desto näher kommen wir unserem Ziel, Menschen länger körperlich fit und geistig rege zu erhalten.

Noch vor kurzem besaßen wir nicht einmal die Fähigkeit, Gene „stummzuschalten", Gene oder Genabschnitte herauszuschneiden und durch andere zu ersetzen, noch vor kurzem verfügten wir gar nicht über besonders leistungsfähige Rechner und Analysegeräte, um die komplexen Vorgänge und Signalwege, die die molekularen Mechanismen des Alterns steuern und beeinflussen, erforschen zu können. Für all unsere Vorfahren waren daher die Möglichkeiten, Alternsvorgänge zu studieren, äußerst begrenzt.

Dass es sich überhaupt lohnt, nach Wegen für eine substantielle positive Beeinflussung von Alterungsprozessen zu suchen, darauf deuten zum Beispiel schon erste ermutigende Ergebnisse von Experimenten an Fadenwürmern – die Rede ist von Caenorhabditis elegans – und einem Fisch, dem Prachtgrundkärpfling, also einem Wirbeltier, hin. So ist es bei beiden gelungen, die Dauer ihres Lebens erheblich zu verlängern, nicht als Phase des Siechtums, vielmehr blieben die Tiere körperlich fit, lernfähig und fruchtbar. Die Beimischung von 600 Mikrogramm Resveratrol pro Gramm Futter etwa – eine übrigens sehr einfache Maßnahme - verlängerte beim Prachtgrundkärpfling die Lebenszeit gar um mehr als 50 Prozent. Ähnliche Resultate ließen sich erzielen, wenn man die Wassertemperatur von 25 auf 22 Grad absenkte. Weitere Studien müssen zeigen, inwieweit sich diese Ergebnisse wiederholen lassen.

Ich möchte bei dem, was ich im Folgenden sage, überhaupt nicht missverstanden werden. Kein Land der Welt kommt auf Dauer aus, ohne eine starke Fähigkeit zur Verteidigung, ohne einen starken Polizei- und Justizapparat, der das Recht, im guten Sinne des Wortes, durchsetzt. Dass alle Menschen ab morgen nett sein werden und keiner mehr auf die Idee kommt, es sich auf Kosten anderer gutgehen zu lassen, halte ich aufgrund der gesammelten Erfahrung für eine realitätsferne Wunschvorstellung, für eine Illusion. **Aber** es darf nicht sein, dass während der wenigen Jahre, wo Menschen bei guter Gesundheit unter der Sonne gehen, sie sich fast ausschließlich Gedanken darüber machen, wie sie sich gegenseitig kaputt- und totschlagen können, um die Kontrolle über irgendwelche Gebiete und Ressourcen zu bekommen.

Die wahren Feinde der Menschen sind der Tod, sind Krankheiten, sind Altersgebrechen, sind

schlimme Verletzungen, sind Hungersnöte, Wasser-
knappheit, Naturkatastrophen und dergleichen. Darüber hinaus aber geht es auch darum, etwas aus dem
Leben zu machen. Rein wirtschaftlich besehen be-
deutet Letzteres dies, dass wir über immer bessere
Produkte und Dienstleistungen ein qualitatives und
nicht nur ein quantitatives Wachstum anstreben sollten.

Daher macht es Sinn, nicht nur weil wir derzeit in
vielen Ländern eine überalterte Bevölkerung haben,
sondern weil wir alle mehr Lebensqualität wollen, Politik und Gesellschaft dazu aufzurufen, die finanziellen
und alle anderen nötigen Mittel für die Erforschung
der Biologie des Alterns bereitzustellen. Nach all
dem, was wir bisher wissen, ist das keine Aufgabe,
die, wie bei einem geometrischen Problem, mit wenigen klugen Gedankengängen zu lösen wäre, sondern
es bedarf viel experimenteller Arbeit, vieler Beobach-
tung und Modellbildung und damit der fleißigen Arbeit vieler Wissenschaftler über einen langen Zeitraum. Die Erforschung der Ursachen und molekularen Mechanismen des Alterns, so meine ich, sollte der

Gemeinschaft ein ähnlich zentrales Anliegen und Unternehmen sein, wie es der Bau der großen Pyramiden im alten Ägypten war, nur dass diese Pyramide hier eine geistige ist, deren lebendige Verkörperung die gewonnenen Jahre vieler Menschen sind."

Er legte die Institutsbroschüre von damals zur Seite. Äußerungen von Leuten kamen ihm in den Sinn aus den Tagen der Gründung des Institutes. Einer meinte: «Solche Forschungen nähren bei den Menschen die Illusion, sie müssten sich nicht damit abfinden, dass ihr Leben eines Tages zu Ende ist.» Der Mensch verfüge nun einmal in dieser Hinsicht nicht über sich selbst. Aber das Problem stellte sich auf ganz andere Weise, in einer gar nicht abstrakten Weise: Wer friert, will sich wärmen, wer hungert, will essen und wer eben ernsthaft zu altern beginnt, will in der Regel in Form bleiben, wer den Tod vor Augen hat, will weiterleben, ausgenommen jene, die bereit sind für eine bestimmte Sache den Tod auf sich zu nehmen oder die körperliche Schmerzen in einem

Ausmaß verspüren, dass sie ihnen um jeden Preis entfliehen wollen oder aber die, deren Seele aus dem Gleichgewicht geraten ist. In dem Augenblick ist ausschließlich die Frage von Belang, ob die Wissenschaft noch etwas anzubieten hat, um dem drohenden Ende einstweilen zu entgehen. Mit dem Hinweis, dass Menschen ohnehin sterben, ist hier niemandem geholfen. – Ein anderer fragte ihn damals, ob man denn nicht versuchen könne, auf irgend eine Weise einen geistigen Doppelgänger herzustellen und zu konservieren. Dabei hatte der Mann wohl die noch nicht so lange an verschiedenen Einrichtungen gestarteten Versuche im Blick, mit Hilfe von Schichtaufnahmen des Gehirns ein digitales Abbild seiner Zellen und deren Verknüpfungen untereinander zu erstellen.

Geantwortet hatte er dem Fragesteller damals: «Würde es Sie zufrieden stellen, wenn ein geistiges Double von Ihnen weiterleben würde, Sie selber aber schon bald sterben müssten? Derselbe Mensch ist eben etwas anderes als ein gleicher Mensch wie Sie. Derselbe ist nicht der Gleiche. Ein Double von Ihnen, einmal gesetzt, es wäre realisierbar, bliebe im Übrigen nur bis zum Moment Ihres Ablebens ein Double

von Ihnen, danach würde es, wenn es denn irgendwann weiterleben könnte, beginnen, eigene und nur
ihm eigene Erfahrungen zu sammeln.» Man müsste
alle geistigen, seelischen und psychischen Inhalte einer Person in einen neuen , vielleicht ähnlichen, Körper nicht kopieren, sondern verschieben können.
Dass das jemals möglich sein sollte, danach sah es
bisher nicht aus. – Es gab auch einige, die mahnten,
wer über Techniken der Verjüngung verfüge, der
könne mit denselben oder ähnlichen Techniken Menschen auch missbräuchlich schneller altern lassen.
Solche 'Techniken`gab es bereits in der Natur. Be-
stimmte schlechte genetische Ausstattungen führten
zu Progerie oder zum Werner-Syndrom. Progerie ließ
Kinder vorschnell vergreisen, 18-Jährige sahen wie
Siebzigjährige aus. Beim Werner-Syndrom alterten
die Betroffenen ab der Pubertät, massiv aber ab
dreißig oder der Lebensmitte, anormal schnell. Wer
vorschnell alterte, konnte natürlich die Jahre und
Jahrzehnte, die entsprechend natürlich Gealterte erlebt hatten, nicht alle selbst erlebt haben.

Eine ganze Weile noch verharrte er in Gedanken und dachte an den Weg, den man seither zurückgelegt hatte.

Eine außergewöhnliche Bekanntschaft

Als er das Lokal betrat, war nur noch ein Platz frei – an der Theke, neben den beiden Freundinnen. Während er darauf zusteuerte, sagten die beiden etwas zur Bedienung, die gerade unmittelbar vor ihnen hinter dem Tresen hantierte. Es herrschte viel Betrieb und so musste er sich gedulden, bevor er bestellen konnte. Als die Kellnerin schließlich zurückkehrte und ein Getränk vor den beiden absetzte, drehte sich die schöne Blonde, sie hatte bisher zu ihm halb rückwärts gewandt gesessen, voll auf ihn zu und schob mit einem einladenden Lächeln eine Perrier-Citron zu ihm herüber. Damit hatte er nicht gerechnet. Eine heftige innere Freude stieg in ihm hoch. Er versuchte, sie sich nicht allzusehr anmerken zu lassen.

«Das ist aber sehr aufmerksam», lächelte er. Offenkundig hatten die beiden seine derzeitige Vorliebe für dieses Getränk beobachtet. «Das freut mich sehr», sagte er und stellte sich vor. «Ich heiße Alex», sagte er. «Ich bin Hanna. Ihre Freundin stellte sich ihm mit «Christina» vor.

Es entspann sich ein Gespräch, bei dem jeder Außenstehende sofort erkannte, dass es von allen dreien mit voller innerlicher Beteiligung geführt wurde. Hanna, wie er im Laufe des Abends erfuhr, studierte, sie wollte Lehrerin werden, wohnte noch bei ihren Eltern und plante für das kommende Studienjahr zwei Auslandssemester. Christina hatte nach dem Abitur eine Laufbahn bei der Staatsbank begonnen. Beide waren am Gymnasium lange in derselben Klasse gewesen. Hanna fragte unter anderem auch nach seinem Beruf, seinem Wohnort, seinem Familiennamen. Erst Monate später erfuhr er, dass sie das zu diesem Zeitpunkt schon längst über ihn wusste. Höflich,aber insgeheim auch neugierig, erkundigte er sich seinerseits nach den vollen Namen und den Wohnorten der Mädchen. Es wurde viel geredet, wenig getrunken, trotzdem bot sich ihm noch die Gelegenheit, die beiden zu einem Getränk einzuladen. Zu schon etwas vorgerückter Stunde verließen sie schließlich zu dritt gemeinsam das Lokal. «Es war ein schöner Abend», sagte Hanna und, beinahe herzlich, verabschiedete man sich voneinander.

Kurz nachdem er am nächsten Tag von seiner Tätigkeit am Institut nach Hause zurückgekehrt war, klingelte sein im öffentlichen Verzeichnis stehendes Festnetztelephon. Es war Hanna. Sie fragte, ob er heute Abend Zeit und Lust habe, etwas mit ihr trinken zu gehen. Das hatte er. Ihr bemerkenswertes Interesse wie auch das zielstrebige Tempo, mit dem sie es umsetzte, beeindruckten und erstaunten ihn dabei zugleich.

Die Gaststätte, die Hanna vorgeschlagen hatte, erwies sich als schlicht, aber gemütlich, der Wirt sehr freundlich, die Gäste, zumeist gesetzt, im mittleren Alter, unterhielten sich ruhig an den wenigen Tischen. Das Lokal war alles andere als ein Szene-Treff, jedenfalls weder für ihn noch für sie. Hanna hatte die Gaststätte wohl nicht zufällig ausgewählt, gibt es doch Phasen einer Bekanntschaft, in denen man besser ungestört ist. Es wurde ein schöner Abend. Er genoss es, ihre volle Aufmerksamkeit zu haben. Natürlich war es für beide auch eine Gelegenheit, mehr übereinander zu erfahren. Insbesondere wollte sie wissen, ob er schon mal verheiratet war, ob er Kinder hatte oder sich einmal Kinder wünschte. Ihr war natürlich klar, dass er einige Jahre älter, als sie war. Er sagte ihr wahrheitsgemäß, dass er noch nie verheiratet gewesen war, keine Kinder hatte, sich aber, sollte sich das einmal so ergeben, über eine eigene Familie mit Kindern sehr freuen würde. Sie war tatsächlich zwanzig und schätzte ihn auf dreißig. «Zweiunddreißig», korrigierte er. Hanna fragte auch, ob er seinen Beruf liebe? «Sehr», antwortete er, «aber nur im Labor arbeiten, ohne den Kontakt zu Studenten und Kollegen und anderen Menschen durch Vorträge, Vorlesungen, Seminare etc . zu haben, das bliebe für mich immer etwas unbefriedigend, beides zusammen ist für mich die richtige Kombination», antwortete er. Was er denn außerhalb seiner Arbeit besonders gerne mache? «Schifahrer bin ich bis dato nicht.» Sie hatte ihm im Verlauf ihrer Unterhaltung verraten, dass sie begeisterte Schifahrerin war. «Was ich mag? Zum Beispiel gute Poesie, was in meinem Falle wohl auch darauf zurückzuführen ist, dass ich diesbezüglich den richtigen Lehrer hatte. Zum Beispiel auch lange Spaziergänge oder Ausflüge zu schönen Plätzen im nahen Ausland. Für dieses Wochenende plane ich wieder einen kleinen Ausflug.» «Alleine?» «Es sei denn, du hättest Lust mitzukommen.» Sie wollte.

Als der Abend zu Ende ging , vereinbarte man, dass sie sich am Sonntag Morgen um acht Uhr vor seinem Institut treffen würden.

Das Konzept

«Wie wollt ihr hier am Institut den Kampf gegen das Altern gewinnen?», fragte Achim Alex heute während der morgendlichen Kaffeepause. Achim war ein junger wissbegieriger angehender Abiturient, der seit kurzem einen Ferienjob am Institut hatte und sich in bemerkenswerter Maße für die Problematik der biologischen Ursachen des Alterns interessierte. Er hatte wohl nachgedacht, denn er schien heute nicht an Einzelfragen interessiert zu sein, sondern an Grundsätzlichem. «Habt ihr einen Überblick über die zu lösenden Problemstellungen, die aufzuklärenden Fragen, einen Überblick, der euch eine systematische Herangehensweise an das Problem erlauben würde, einen Überblick, der euch gestatten würde, Schlüsselfragen und Hauptangriffspunkte auszumachen? Oder seid ihr weitgehend auf die Verfolgung zufälliger Entdeckungen, Pisten und Hinweise angewiesen?»

Alex bedeckte Achim mit einem wohlwollenden und freundlichen Blick, pustete noch etwas seinen Kaffee kalt, nahm zwei, drei Probeschlückchen und antwortete dann: «Gewinnen im Sinne einer Ermöglichung ewigen Lebens ist aus heutiger Sicht unwahrscheinlich, abgesehen davon, dass dann immer noch der Tod durch Unfall, Infektionen, Naturkatastrophen oder kriminelle oder kriegerische Gewalteinwirkung bleiben würde. Dass Menschen aber länger fit gehalten werden können und dass sie vielleicht in guter Verfassung länger leben werden können, das halte ich für möglich. Würde ich das nicht für möglich halten, würde ich sofort aufhören, hier zu arbeiten. Die Altersforschung hat sich zunächst mit der Frage, worauf sich die Ärzte bei ihren älteren Patienten einstellen müssen, beschäftigt. Dann hat sie mehr und mehr nach Wegen gesucht, wie man das Altern hemmen, verlangsamen kann. Danach hat es etliche Forscher gegeben, die nach Möglickeiten der Verjüngung gesucht haben. Wir hier am Institut verfolgen alle drei Ansätze. Eine weitere Idee ist, die bio-logische Maschinerie des Menschen nicht nur besser zu warten, sondern von Vornherein so umzukonstruieren, dass sie langlebiger sein kann. Allerdings setzt das, will man sich hier auf sicherem Terrain bewegen, sehr viel Forschungsvorarbeit voraus.

Was sich in jedem Falle auch lohnt, ist bei besonders langlebigen Spezies zu erkunden, ob sich bei ihnen nicht Mechanismen finden, die auch für die Beherrschung von Alterungsprozessen beim Menschen nutzbar gemacht werden können. Manche Lebewesen wie die Schwanzlurche, zu denen Salamander und Molche gehören, vermögen ganze Gliedmaßen zu regenerieren. Extrem langlebig ist zum Beispiel der Süßwasserpolyp Hydra. Er besitzt mehr Stammzellen als Körperzellen und setzt statt auf die Reparatur geschädigter Zellen auf die Produktion neuer Zellen durch funktionsfähige Stammzellen. Außerdem besitzt er ein enormes Regenerationspotential: In Stücke geschnitten vermag er sich vollkommen zu regenerieren. Eine Form der Unsterblichkeit gar scheint eine Quallenart, nämlich Turritoptis dohrnii, zu verwirklichen, sofern sie nicht etwa Fressfeinden zum Opfer fällt. So ist sie in der Lage, sich nach Erreichen der sexuellen Reife wieder zurückzuverjüngen und einen neuen Lebenszyklus zu beginnen. Elephanten leiden fast nie unter Tumoren. Das ist kein Zufall, sondern hat, nach allem, was wir wissen, auch mit ihrer biologischen Ausstattung zu tun. So etwa hilft das Protein p53 dabei die Entartung, die Entgleisung von Zellen hin zur Entwicklung von Tumoren zu verhindern. Das dazugehörige Gen p53 kann aber natürlich auch zu Schaden kommen. Menschliche Zellen besitzen gerade mal 2 Kopien von p53, die Zellen von Elephanten aber 40!

Was nun den Überblick über die zu leistende Aufgabe anbelangt, so haben sich sieben Schadensklassen herausgeschält, die es gilt, näher zu erforschen und wo wir jeweils versuchen, Mittel und Wege zu finden, diese Schäden zu minimieren und sogar rückgängig zu machen, also eine Art Verjüngung zu erreichen.» «Was sind das denn für Schadensklassen?» «Zum Beispiel innerzelluläre und extrazelluläre Ablagerungen.» «Diese Schadensklassen, das interessiert mich, da möcht ich gern mehr darüber erfahren!» «Wirklich etwas detailliert?»

«Offenkundig gespannt auf die weiteren Ausführungen, lehnte Achim sich etwas vor und sein Blick wurde noch konzentrierter als vorher schon.

Alex nahm noch ein paar Schlucke von seinem Kaffee, dann begann er, offensichtlich sehr bereitwillig, aufzuzählen.

«Nun, es sind folgende:

1. **Zellverlust :** Der Zellverlust in Organen und Geweben führt über die Zeit natürlich dazu, dass sie weniger leistungsfähig sind. Ein schrumpfender Thymus zum Beispiel – jene Drüse hinter unserem Brustbein, in der eine bestimmte Klasse von Immunzellen heranreifen, nämlich die T-Zellen – ist mitverantwortlich dafür, dass unsere Immunabwehr im Alter schwächer wird, mit weniger Muskelzellen sind wir weniger kräftig usw .

2. **Seneszente also gealterte Zellen:** Sie teilen sich nicht mehr und tun nicht mehr viel, um das Gewebe, zu dem sie gehören, zu   unterstützen, geben aber eine Reihe potentiell

schädlicher chemische Signale ab. Manchmal zerstören sie sich selbst oder werden vom Immunsystem aufgelöst, doch dieses hat seinen eigenen altersbedingten Niedergang und ist mit der Zeit nicht mehr so leistungsfähig.

3. **Proteinvernetzung**: Durch bestimmte chemische Reaktionen können Proteine so umlagert werden, dass sie verketten und das betroffene Gewebe nicht mehr so flexibel und elastisch ist. Arterien zum Beispiel verhärten. In Betracht zu ziehen ist bei bestimmten Proteinen allerdings auch die Möglichkeit der Schädigung durch Über- oder Dauerbeanspruchung. So bei Elastin, das unter anderem in der Lunge, in der Haut und in Blutgefäßen vorkommt und dort für Spannkraft und Dehnbarkeit sorgt. Seine Bildung beginnt bereits vor der Geburt und setzt sich in den ersten Lebensjahren fort. Nach dieser Zeit wird neues, funktionstüchtiges Elastin so gut wie nicht mehr gebildet.

4. **Extrazelluläre Abfallstoffe** : Im Laufe der Jahre lagern sich zwischen unseren Zellen schädliche

Proteine ab. Vielleicht haben Sie zum Beispiel mal von Amyloidablagerunen bei Alzheimer gehört.

5. **Intrazelluläre Abfallstoffe :** Es handelt sich um Stoffe, die das Müllabfuhrsystem unseres Körpers nicht zu beseitigen vermag.

6. **Mitochondrienmutationen** : Mitochondrien sind die Kraftwerke der Zelle. Sie stellen den Energieträger ATP, Adenosintriphosphat, für den Körper bereit. Bei diesem Prozess selber aber entstehen freie Radikale, die diese Kraftwerke schädigen, so dass, kurzum gesagt, sie ihre Aufgabe weniger gut erfüllen können.

7. **Krebs** : DNA-Mutationen häufen sich mit der Zeit und damit besteht im Alter ein höheres Risiko, dass eine Zelle hier auf eine Art geschädigt wird, dass sie verrückt spielt, Amok läuft und sich als Krebs im Körper ausbreitet. Diese Art von Schaden muss natürlich ausgeschaltet werden.

Soviel zu den Schadensklassen. Entdeckt wurden sie übrigens nach und nach zwischen 1907 und 1982. Entscheidend für den Ansatz der Verjüngung ist ausschließlich, dass wir Wege finden, diese Schäden rückgängig zu machen, wieder zu beseitigen, selbst dann, wenn wir nicht genau wissen, wie sie zustande kommen und sogar dann, wenn wir nicht genau wissen, warum ein von uns eingesetztes Mittel erfolgreich ist im Kampf gegen diese Schäden.» – «Und da reicht eine einzige Verjüngungskur?» Alex lachte : «Nein, natürlich nicht. Wie bei den Lämpchen eines Auto muss auch hier periodisch eine neue Verjüngungskur erfolgen.» «Und wie oft kann man verjüngen?» «Irgendwo wird es wahrscheinlich immer in der Praxis eine Grenze geben, wo ein lebenswichtiges Teil nicht mehr herzurichten ist. Aber da viele Krankheiten und Gebrechen erst im Alter gehäuft auftreten, macht es Sinn, die Menschen während des größtmöglichen Teils ihres Lebens in einer möglichst jungen biologischen Allgemeinverfassung zu halten. Gelingt das, so ist das effektiver, als alle Mittel nur darauf zu verwenden, eine Reihe von Krankheiten einzeln zu erforschen. Wenn wir nur einzelne Krankheiten besser in den Griff kriegen, so kann das auch leicht dazu führen, dass dadurch andere Krankheiten häufiger auftreten:

Gelingt es beispielsweise die Sterblichkeit durch Herz- Kreislaufversagen zu senken – Herz- Kreislaufversagen sind bekanntlich eine Haupttodesursache -, werden die Leute im Schnitt älter und wir werden mehr Krebsfälle haben.» «Wie erfolgreich ist die Forschung bisher? Wie weit sind sie heute in der Lage Altern zu verlangsamen oder Menschen zu verjüngen?» «Da tut sich was. Dank wissenschaftlicher und technischer Fortschritte, von denen vergangene Forschergenerationen nur träumen konnten, ist es heute möglich, ganz neue Wege der Bekämpfung von Altersschäden zu erkunden. Die erzielten Fortschritte, was die einzelnen Schadensklassen anbelangt, sind im Moment - und das wohl weltweit – jeweils unterschiedlich. So könnte es im Augenblick auch hier zu ähnlichen Situationen kommen, wie ich sie gerade angesprochen habe: Teillösungen können dazu führen, dass bestimmte Probleme häufiger auftreten. Was marktreife Produkte anbelangt: Es gibt derzeit wohl kaum ein Unternehmen oder Institut, das an der Entwicklung solcher Produkte oder Verfahren und damit an der Verwirklichung einer

Utopie arbeitet, das hierüber offen Auskunft geben würde. Denn hier ist sehr viel Geld im Spiel. Eine ganze Anti-Aging-Industrie zum Beispiel lechzt nach Produkten, die das Altern in gewissem Maße wirklich aufhalten und nicht nur übertünchen können.» «Wer hier als erster Erfolg hat, wird wohl Millionen verdienen», schwärmte Achim. «Auf seinen Lorbeeren ausruhen, wird er sich je nachdem vermutlich nicht lange können», dämpfte Alex, «wir leben ja nicht in einer Wirtschaftsordnung, in der es zwischen Forschungseinrichtungen und zwischen Unternehmen keine Konkurrenz gäbe, im Gegenteil, da wo es etwas zu verdienen gibt, wollen viele mitverdienen und daher muss ein Produkt sich am Markt behaupten, sich gegen andere durchsetzen und von daher gibt es den ständigen Anreiz, ein Produkt laufend und so schnell wie möglich zu verbessern. Und das ist bei Nanorobotern und Supermolekülen nicht anders.» «Bringt Kryokonservierung etwas, bringt es etwas, sich einfrieren zu lassen?» «Wenn der Grund für das Einfrieren war, dass alle lebensnotwendigen Elemente des Körpers am Ende oder

fast am Ende ihrer natürlichen Lebensdauer angelangt waren, dann kann man nach dem Auftauen,
- vorausgesetzt wir beherrschen Einfrieren und
Auftauen weitgehend risikofrei -, das Leben nur
dann wirklich verlängern, wenn all diese lebensnotwendigen Elemente verjüngt werden können.»
«Sollten solche Mittel nur für die zugänglich sein,
die sie sich leisten können?» «Nein, ich denke der
Zugang zu solchen Mitteln sollte ein Menschen-
recht werden. Aber bis dahin ist es wohl noch ein
weiter Weg.» Nach einer kurzen Pause sagte Alex
zu Achim: «Was wollen Sie denn nach dem Abitur
machen?» «Ich weiß noch nicht so recht», erwiderte Achim. «Wer so lange und so aufmerksam
so langen Ausführungen zuhört, steckt da nicht
schon mehr Interesse dahinter als man für eine
bloße Kaffeeplauderei aufbringt?», schmunzelte
Alex.

Der Türquise Prachtgrundkärpfling

Jung und vital wirkte er, umspielt von den Strahlen der Morgensonne, die sich durch die großen Fenster der Eingangshalle bahnten. Der etwa fünf bis sieben Zentimeter lange Körper war rot netzgezeichnet, die Flossen schwarz-gelb gemustert, die Schuppen grünlichbläulich grundgefärbt und alle Farben schillernd, leuchtend. Plötzlich lösten sich noch zwei weitere Exemplare aus der Landschaft des Aquariums und kamen herangeschwommen .

Eine ganze Weile beobachtete sie die drei, bis ihr Blick auf den kleinen Bildschirm am rechten Rand der Wasserwelt glitt. Darauf stand zu lesen: «Türquiser Prachtgrundkärpfling». Daneben die etwas anrüchig klingende wissenschaftliche Bezeichnung «Nothobranchius furzeri». Sie las den kleinen Text der folgte: «Dieser Fisch besitzt nach der Grundelart Eviota sigillata die kürzeste Lebensdauer aller

Wirbeltiere. Da er sich in Gefangenschaft vermehren und züchten lässt, eignet er sich daher besonders gut für die Untersuchung von Alterungsprozessen. Die Fische in diesem Aquarium sind Fische des als GRZ bezeichneten Nothbranchius-Stammes (nach dem Fundort im Gonarezhou-Nationalpark in Osten Simbabwes nahe der Grenze zu Mosambik). Sie werden unter Laborbedingungen im Mittel neun, maximal 13 Wochen alt. Das Besondere an den Fischen, die Sie hier sehen: Dank erfolgreicher wissenschaftlicher Forschung haben sie dieses Alter bereits überschritten und sind dennoch in bester Verfassung.»

Als sie die kleine Fläche «Mehr Information» auf dem Schirm berührte, tauchte eine Auswahl an PDF-Dateien auf. Sie tippte auf die erste. Es erschien ein längerer Text , übertitelt mit «Leben im Zeitraffer», der Autor «Harald Rösch », daneben die Quellenangabe «https://www.mpg.de/934691/altern-killifisch» und «3. August 2015 Max-Planck-Gesellschaft». Sie zog mit dem Finger auf dem Berührungsbildschirm die

Seiten des Textes vor sich vorbei, begann das Geschriebene zu überfliegen, einige Stellen sogen ihre Aufmerksamkeit auf sich und sie las sie genauer : « [...] Im Jahr 2002 begegnet Valenzano dem Fisch [...] als Student im Labor seines Mentors Alessandro Cellerino [...] Cellerino hat die Fische von einem Bekannten erhalten, einem Hobby-Aquarianer, der den Killifisch seit vielen Jahren in seinen Aquarien pflegt und vermehrt. Der Fischliebhaber macht die beiden Forscher darauf aufmerksam, wie schnell dieser altert. [...] Warum aber ist ausgerechnet diesen Fischen kein längeres Leben vergönnt? Schließlich werden manche Fische richtig alt. [...] Eine Felsenbarsch –Art aus dem Nordatlantik lebt sogar über 200 Jahre. Die Kurzlebigkeit könnte mit dem Klima im südlichen Afrika zusammenhängen [...] manche Gewässer trocknen schon nach zwei Monaten wieder aus [...] Wegen der kurzen Regenzeit reift Nothobranchius furzeri schnell heran. Schon drei bis vier Wochen nach dem Schlüpfen sind die Fische erwachsen und können sich fortpflanzen. Von jetzt an ist der Verfall sichtbar. Die in der Jugend schillernden Farben verblassen, die Flossen fransen aus, und die Wirbelsäule verkrümmt sich zusehends. Wie im Zeitraffer durchlaufen die Fische alle Altersphasen bis zum Fischgreis. Der Natur scheint dies egal zu sein, für die nächste Fischgeneration ist schließlich gesorgt. Die Eier ruhen im Bodengrund des Gewässers. Wenn der Tümpel austrocknet, fallen die Embryos in eine Art Dauerschlaf. So können sie die monatelange Trockenzeit überstehen. [...] Bringt das Älterwerden Tieren und Pflanzen einen Vorteil? Oder gab es einfach keinen Grund, nach erfolgreicher Fortpflanzung etwas gegen den zwangsläufigen Verfall zu unternehmen? [...] Nothobranchius [...] Verschiedene Faktoren beeinflussen seine Lebenserwartung. Die Temperatur zum Beispiel: In kühlerem Wasser werden die Fische älter. Auch das Nahrungsangebot spielt eine Rolle. Wird weniger gefüttert , leben die Fische länger – Befunde , wie die Forscher sie schon von Fruchtfliegen und Fadenwürmern kennen. [...] Möglicherweise verraten Temperatur und Nahrungsangebot dem Organismus, ob die Umweltbedingungen günstig sind. Bei tiefen Temperaturen und wenig Nahrung empfiehlt es sich, mit der Fortpflanzung noch etwas zu warten. Das Tier

muss folglich länger am Leben bleiben, um sich vermehren zu können [...] Wissenschaftler können Not-
hobranchius-Gene heute sogar mit der sogenannten
CRISPR/CAS9-Methode ausschalten. [...] Lungenfische etwa, die mit Nothobranchius in denselben
Tümpeln leben, graben sich tief im Schlamm ein und
warten dort auf das Ende der Trockenzeit. Manche
Lungenfische können so über 50 Jahre alt werden.
Verwandte von Nothobranchius in der Neuen Welt
haben das Problem wieder anders gelöst: Nordame-
rikanische Killifische springen aus den austrocknen-
den Gewässern und überdauern die wasserlose Zeit
an Land in feuchtem Holz: [...] In den Labors der Forscher schwammen bis Anfang des neuen Jahrtau-
sends aber nur die Nachkommen der ursprünglich
von Richard Furzer eingeführten Fische. Der Amerika-
ner hatte die damals noch unbekannte Nothobran-
chius-Art im Osten Simbabwes nahe der Grenze zu
Mosambik gefangen und mit nach Europa gebracht
[...] Nun konnte Valenzano nicht nur die Lebenserwartung wilder Nothobranchius furzeri mit jener des
GRZ-Stammes aus dem Labor vergleichen. Er konnte

auch überprüfen, ob sich unterschiedliche Lebensbedingungen auf den Alterungsprozess auswirken. Die wilden Fische leben [...] mit 25 bis 32 Wochen deutlich länger als die aus dem Labor [...] Die Hochlandfische altern tatsächlich schneller und sterben früher als die Tiere aus der feuchten Küstenregion [...] Ein wichtiger Mosaikstein fehlte Valenzano jedoch noch: die wilden Verwandten der Fische, aus denen sich der GRZ-Stamm ursprünglich entwickelt hatte. Furzer hatte das Gründerpaar seinerzeit im Osten Simbabwes gefangen, einer im Vergleich zu den Lebensräumen in Mosambik noch trockeneren Region. 'Es muss also nicht unbedingt an den Zuchtbedingungen im Labor liegen,dass die Tiere des GRZ-Stammes so kurz leben. Vielleicht hat die extreme Trockenheit die Fische so extrem kurzlebig werden lassen ', sagt Valenzano [...].»

«Hanna!» Als sie sich umdrehte , kam Alex gut gelaunt die Treppe zur Eingangshalle herunter. «Alles klar, wir können fahren.» Alex hatte noch etwas dringend erledigen müssen, bevor sie an diesem

Sonntagmorgen den Ausflug, zu dem sie sich verabredet hatten, antreten konnten und sie gebeten, einige Minuten in der Eingangshalle zu warten, nachdem sie das Institut betreten hatten. «Schön!», erwiderte sie , ein Lächeln im Gesicht. Es war Wochenende und niemand im Institut zugegen. «Phantastisch, was ich da gerade im Aquarium zu sehen bekommen habe», begeisterte sich Hanna. «Wie ist es gelungen , die Lebensspanne dieser Fische zu verlängern?» «Durch eine bestimmte Zusammensetzung von Art und Menge der im Futter enthaltenen Aminosäuren, Kalorienreduktion spielt eventuell eine gewisse Rolle, die Beimischung bestimmter Substanzen zum Futter, das Absenken der Wassertemperatur. Manches funktioniert nur im keimkontrollierten Labor gut, Verknappung des Nahrungsangebotes führt auch dazu, dass die Fische in freier Wildbahn Infekten weniger entgegenzusetzen haben. Wir forschen aber nicht nur mit Fischen. Das Aquarium soll die Eingangshalle verschönern helfen. Indem es dabei auch an Arbeiten und Leistungen aus der Altersforschung erinnert, stellt es zugleich einen Bezug zur Aufgabe und Zielstellung des Institutes her.» «Wann werden Menschen das derzeitige maximale Alter ihrer Spezies überschreiten?», fragte Hanna, als sie das Gebäude verließen und in Alex` wenige Schritte vom Eingang entfernt geparkten Wagen einstiegen. «Einmal gesetzt, dass so etwas überhaupt möglich ist, wäre der Weg zu einem solchen Ziel für alle früheren Forschergenerationen zu weit gewesen: zu Vieles, das noch unerforscht war, zu unzulänglich die für ein solches Unternehmen unerlässlichen technischen Hilfsmittel und Gerätschaften, nicht oder nicht weit genug entwickelt die dafür nötigen Biotechnologien, Methoden und experimentellen Simulationsmöglichkeiten. Das eine geht eben nicht ohne das andere. Man konnte allenfalls und bestenfalls Etappen zu einem solchen Ziel hin verwirklichen, ohne aber das Ziel selber jemals einmal zu erreichen. Unsere Arbeit zielt mal in erster Linie darauf ab, zu helfen, Menschen im Alter länger gut in Form zu halten. Aber natürlich ist es ein reizvolles Ziel, zu erkunden, was darüber hinaus noch möglich ist. Schon bei Experimenten mit Tieren muss man aus ethischen Gründen äußerst behutsam vorgehen, Versuche beim Menschen sind natürlich noch größeren Einschränkungen unterworfen. So kann man schon niemanden zu einer Diät zwingen. Es tut sich zur Zeit etwas bei der Suche nach dem Jungbrunnen und vielleicht wird es in naher Zukunft den einen oder anderen kleinen Fortschritt geben, die eine oder andere Art von Altersschäden eine Zeitlang besser im Griff behalten werden können. Der Mensch besitzt eine sehr komplexe biologische Maschinerie. Mal sehen, wohin der Weg führt.»

Als auch Hanna ihren Sitzgurt angelegt hatte, startete er den Wagen.

Ausflüge

Die Fahrt ging an die Mosel, an die Mosel jenseits der Grenze, jenseits von Trier und Schweich, in die Gegend um Bernkastel.

Bernkastel! Das romantische kleine Moselstädtchen wirkte noch recht verschlafen, als sie es am frühen Morgen erreichten. Die allermeisten Geschäfte hatten noch nicht geöffnet und die Tagestouristen, die außer in den Wintermonaten oftmals in Scharen in die Stadt strömten, würden erst später eintreffen. So war der Blick frei und unverstellt auf die herrliche Stadtkulisse, mit ihren größtenteils aus dem 16. und 17. Jahrhunderten stammenden prächtigen Fachwerkhäusern, dem Marktplatz mit dem zauberhaften Michaelsbrunnen, dem noch im Mittelalter erbauten schiefen, zerbrechlich wirkenden Spitzhäuschen, das auf einem viel zu kleinen Sockel zu balancieren schien, dem Renaissance-Rathaus, den malerischen

Gassen und Plätzen, die sich an die Altstadtmitte an-
schlossen. Hanna war zum ersten Mal hier. Sie schien
begeistert und zeigte sich beeindruckt. Und auch die
vielen kleinen Läden mit ihren liebevoll dekorierten
Schaufenstern und Auslagen hatten es ihr schnell an-
getan.

Nach einem kurzen Abstecher in verwinkelte Gassen der Altstadt frühstückte man in einem Café gleich
an der Moselbrücke. Auf der anderen Seite des Flus-
ses lag Kues , der Geburtsort des mittelalterlichen
Philosophen Nikolaus von Kues. Nahe der Brücke erhob sich eindrucksvoll der aus unverputztem Bruch-
steinwerk erbaute und an einen Wehrturm erin-
nernde hohe Turm der St. Michaeliskirche. Weitere
Bauten aus Stein und von repräsentativer Schönheit
blickten auf den Fluss und fügten dem märchenhaf-
ten Charme der Altstadt ein mondänes Flair hinzu.
Der Tag versprach schwül und heiß zu werden. Die
kleine Wanderung, die Alex vorgeschlagen hatte, un-
ternahm man daher am besten in den frühen Stunden, auf jeden Fall noch vor der Hitze des späten
Nachmittags.

Es ging daher nun zum Ausgangspunkt des etwas längeren Spaziergangs. Um den zu erreichen, fuhr man nach Mülheim und von dort landeinwärts vom Fluss nach Süden durch ein breites malerisches von Weinbau, Wiesen, Obstbäumen und Feldern geprägtes Tal, durch das ein von Bäumen und Büschen umsäumter Bach floß, nach Veldenz. Das Dorf lag am Fuße der ersten Bergzüge und Wälder des Hunsrück. Der Ort und seine Lage waren eine einzige Idylle. Sie durchquerten ihn bis zum Eingang des Ortsteils Thalveldenz. Dort stellte Alex das Auto ab und sie stiegen aus. Gleich über ihnen thronte auf einem schroffen Bergrücken Schloss Veldenz.

Es ging nun zunächst ins Hinterbachtal hinein. Die Talsohle bot lediglich Raum für das Bachbett und den breiten Waldweg, auf dem sie voranschritten. Zu beiden Seiten wilde imposante Felsformationen und dichter hoher Wald, der sich die steilen Hänge bis zu den Bergkämmen hinaufzog. Stellenweise floss der manchmal breite Bach weit unterhalb von ihnen. An wenigen Stellen überquerten ihn kleine Brücken oder Holzstege zu einem Weg den Berg hinauf oder zu einem Pfad auf der anderen Seite am Wasser entlang. Auch an heißen Tagen bot der Wald zumeist noch ein akzeptables Klima für Spaziergänge. Alex kam öfter hierher, manchmal auf der Suche nach Abstand und Ruhe.

Wie er denn zur Biologie des Alterns gekommen sei, wollte Hanna wissen. Er habe schon früh einen Hang zur Beschäftigung mit grundlegenden Fragestellungen und zum Philosphischen gehabt, antwortete Alex. Dies sei, deren eigenem Bekunden nach, seinen Lehrern und seinem Umfeld aufgefallen. Später habe er dann den Wunsch verspürt, an etwas mitzuwirken, bei dem die Aussicht besteht, das menschliche Leben in fundamentaler Weise zu verbessern. Möglicherweise hätten im Hintergrund auch sehr emotionale Momente bei seiner Entscheidung mitgewirkt, wie zum Beispiel der Tod seiner heißgeliebten Großeltern. Allerdings habe er als Jugendlicher zunächst keine Vorstellung von der Komplexität der Probleme, mit denen er es jetzt zu tun habe, gehabt. Nicht bewusst sei ihm auch gewesen, wie sehr der erzielbare Erfolg auch von modernen Appaturen und

Computern, die es erlauben, in den Bereich des Allerkleinsten vorzustoßen und riesige Datenmengen zu sammeln, zu analysieren und zu verrechnen, abhänge. Fortschritt sei in jeder Epoche eben auch an die zur Verfügung stehenden Hilfsmittel, Apparaturen und Gerätschaften gebunden. «Und manchmal», fügte Alex hinzu, «kommt einem in der Wissenschaft auch der Zufall zu Hilfe.» «Hat man ihn an eurem Institut auch schon hochleben lassen?», fragte Hanna schmunzelnd. «Ja, auch uns ist er schon ein kleines Stück weit hilfreich gewesen», erwiderte Alex. «Erzähl mal!», bat Hanna. «Das gehört im Augenblick noch zu den am Institut gehüteten Geheimnissen», bremste Alex.

Bei der Thielen Mühle angelangt, begaben sie sich auf die andere Seite der kleinen Wellerbach, die sich an dieser Stelle in die Hinterbach ergoss , der sie bisher gefolgt waren, und drehten nach rechts. Ein langer, schon etwas anstrengender Anstieg stand nun an. Oben angelangt , ging es auf ebener Wegstrecke wieder Richtung Mosel. «Wem gehört die Burg?», wollte Hanna unterwegs wissen. «Die Burg ist in privater Hand», gab Alex Auskunft. «Kann man da auch mal rein?», erkundigte sich Hanna. «Nein», scherzte Alex, «wenn wir mit einem Rammbock das erste Tor einreißen, befinden wir uns in einem sehr kleinen, von sehr dicken Mauern umrahmten Innenhof und da ist kein Platz mehr, um einen Rammbock anzusetzen, um das zweite, eigentliche Zugangstor einzuschlagen. - Ja, doch es gibt an ausgewiesenen Tagen Führungen.»

Als der Wald sich endlich öffnete, gab er den Blick frei auf Wiesen, Felder und Waldgruppen eines Hochplateaus noch unterhalb des Hardtkopfes. Einen einmaligen, phantastischen Ausblick auf hintereinander gestaffelte Bergzüge bot sich ihnen kurz bevor sie die Hochebene verließen. Der Abstieg erfolgte in Serpentinen durch dichten Nadelwald, der herrlich nach Harz duftete. Eine Zeckenborreliose hätte man sich bei ihrem Spaziergang kaum einhandeln können. Alle gewanderten Wege waren nicht überwuchert gewesen. Sie wurden offensichtlich forst- und landwirtschaftlich stark genutzt. Es ging zum Schluss noch einmal durch Thalveldenz steil den Berg hinunter, bis sie, ankommend von der anderen Seite, unter der Burganlage anlangten.

Müde kehrten sie in ein putziges Restaurant-Café, das zwischen Veldenz und Thalveldenz zu Füßen des Rittersturzfelsens zu finden war, ein. Es tat gut, nach fast drei Stunden Fußmarsch wieder längere Zeit zu sitzen. Bei Eis, Kaffee und Mineralwasser versuchte man, wieder neue Kräfte zu schöpfen. Auch ein Stück Kuchen wollte man sich teilen. «Ich schneide das Stück in zwei Teile und du darfst als erste wählen», schlug Alex vor. «Das ist aber mal ein gerechtes Verfahren», lachte Hanna. Sie bestand darauf, das kleinere zu bekommen. Es war windstill. Schwüle und Hitze fingen jetzt an, fast unerträglich zu werden. Nach einiger Zeit begannen bedrohliche , dunkle Wolkengebäude sich am Himmel aufzutürmen. Nachdem sie sich etwas erholt hatten, brachen sie auf.

Sie waren beim Frühstück übereingekommen, dass sie am Nachmittag zu einem Ladenbummel nach Bernkastel zurückkehren würden. Alex wählte eine Strecke durch Weinberge, fuhr über die fast höchsten Wege des Veldenzer Kirchbergs, von wo man grandiose Ausblicke bis hin in ferne Täler und zu fernen Dörfern genoss. Ein erstes Flackern leuchtete am Horizont auf.

Als sie Bernkastel erreichten, war der Himmel so von dunklen Wolken überzogen, dass in den Geschäften, Bars und Cafés bereits die Lichter brannten. Heftige Windstöße kündigten an, was nun folgte. Mit Urgewalt brach das Unwetter über ihnen los. Blitze durchzuckten den Himmel, tauchten Fassaden und ihre Farben für Momente in gleißendes Licht, ohrenbetäubend krachender Donner ließ Menschen angstvoll zusammenfahren. Das Gewitter war fast direkt über ihnen. Starkregen setzte ein. Sie mussten sich in ein Café retten. Durch die breit geöffneten Fenstertüren, sah man wie der herabrauschende Regen auf das Kopfsteinpflaster peitschte. Kleine Hagelkörner mischten sich dazwischen, prallten am Pflaster hoch und hüpften über die Straße. Nach und nach wurde die Sturzflut schwächer. Nach einer knappen halben Stunde war es vorbei. Regen tröpfelte noch etwas vom Himmel, der weiterhin bedeckt blieb. Die Luft hatte sich abgekühlt und eine wohltuende, frische Brise wehte durch die Gassen.

Endlich konnten sie durch die Stadt bummeln. Besonders die Dekolädchen lagen Hanna am Herzen und sie kaufte auch das eine oder andere Stück, das ihr besonders gefiel.

Der lange Spaziergang und die doch nur kleine Stärkung danach ließen jetzt Appetit, Hunger aufkommen und man beschloss, ein Abendessen zu sich zu nehmen.

Man genoss vom Restaurant aus einen schönen Blick auf Schloss Lieser, auf die Moselbrücke und auf das gegenüberliegende Ufer. Sie waren in ein Hotel-

Restaurant direkt am Moselufer in Mülheim einge-
kehrt.

«Es ist ein schönes Dorf», sagte Hanna.
«Ja, mal sehen, wie lange das noch so bleibt.»
«Wie meinst du das?», erkundigte sich Hanna.
«Den Verantwortlichen müsste immer klar sein, dass
eine schrittweise ständige Ausdehnung des Dorfes
keine Option für einen solchen Ort ist. Was die Touristen, die nach Veldenz kommen, sehen wollen, ist
sicher nicht der Blick auf Wohnsiedlungen und eine
verbaute Landschaft, sondern der Ausblick auf eine
großzügige, weite, idyllische Natur- und Kulturland-
schaft. Die einfach zu verbauen wäre so, wie wenn
man auf dem Marktplatz von Bernkastel ein paar
nichtssagende, gesichtslose Wohnsilos hochziehen
und dann erwarten würde, dass immer noch gleich
viele Leute diesen Marktplatz sehen und photogra-
phieren wollten. Darüber hinaus ist es natürlich für jeden ein Stück Lebensqualität, in einer schönen, idylli-
schen Landschaft wohnen und leben zu können und
Veldenz gehört sicher nicht zu jenen Orten, die in dieser Hinsicht ohnehin nichts zu verlieren hätten. Wer
hier der Versuchung unterliegt, immer noch ein Stück

weiter nach draußen zu bauen, wird irgendwann den berühmten Punkt erreichen, wo Quantität in Qualität umschlägt. Es werden dann nicht einfach nur ein paar Wiesen mehr verbaut werden, sondern das Dorf wird dann gar nicht mehr in derselben landschaftlichen Liga mitspielen. Das Auge lässt sich in diesen Dingen nicht täuschen. Es weiß, wann es reicht.» «Was ist, wenn eine Nachfrage nach Baugrund besteht?», vermerkte Hanna. «Ich halte nichts von extremer Baulückenpolitik, davon, eine Ortschaft mit Gebäuden übervoll zu stopfen. Sie wirkt dann wie ein überfrachtetes Schaufenster. Neubaugebiete atmen oftmals Aufbruchstimmung und sind oft gerade anfangs am schönsten und lebenswertesten, wenn noch viel Platz zwischen den einzelnen Bauten bleibt. Verbaut man sie zu sehr , atmen sie nur noch den schnöden Charakter der Zweckmäßigkeit. Irgendwann ist immer der Punkt erreicht, wo ein Mehr an Einwohnern zu Lasten der Lebensqualität geht. Die Gemeinde müsste dem Innern des Dorfes noch mehr Beachtung schenken, eine Baupolitik verfolgen, die das Dorfinnere mehr in den Mittelpunkt stellt. Den hart auf den Feldern arbeitenden Bauern von früher wäre es wohl kaum eingefallen, am Wochenende noch einen Rasen vor der Haustür pflegen zu müssen. Den mehrheitlich nicht mehr in der Natur arbeitenden Menschen von heute gefällt es oftmals, ein Stück Natur vor der Haustür zu haben. Das ist im historischen Ortskern oft schwer zu haben. Aber schöne Wohnungen im Dorfinneren lassen sich sicher schaffen. Die Gemeinde könnte zum Beispiel versuchen, alte Häuser, die ohnehin kaum Interessenten finden, für wenig Geld aufzukaufen, um sie an finanziell gut ausgestattete, renovierungswillige Käufer zu vermitteln. Bausubstanz erhalten zu können ist wichtig, wenn das Dorfinnere nicht nach und nach zur immobiliaren Rumpelkammer werden soll. Sie könnte auch versuchen, alte Häuser zu kaufen , sie abreißen und gesäuberte Grundstücke zum Verkauf anbieten. Wer baut, hat in der Regel schon Geld, um etwas mehr in eine Immobilie investieren zu können. Auch im historischen Ortskern dürften nicht denkmalgeschützte, in die Jahre gekommene Häuser durchaus abgerissen werden, sie müssten aber dann baugleich oder zumindest im selben Stil und natürlich mit allem modernen Komfort ausgestattet wieder aufgebaut werden. Hausbesitzer in diesem Teil des Ortes müssten obligatorisch auch eine umfassende Gebäudeversicherung haben, ansonsten es passieren kann, dass zum Beispiel nach einer Hagelkatastrophe nicht wieder instand gesetzte Häuser jahrelang noch die Touristen verschrecken. - Bei all dem aber muss eine Gemeinde aber natürlich auch immer dafür sorgen, dass auch finanziell weniger gut aufgestellte Leute wohnen können.» «Hat die Gemeinde denn überhaupt genügend finanziellen Spielraum für eine Baupolitik in diesem Sinne?», erkundigte sich Hanna .«Es ist nicht nur eine Frage des Geldes. Die Politik muss die nötigen Anreize und Instrumente für eine sinnvolle Dorfgestaltung schaffen . Das schrittweise Verbauen von Landschaft ist keine Lösung . Es führt zu nichts.» «Aber solche gesäuberten Grundstücke wären doch teurer. Würden die an Baugrundstücken Interessierten nicht eher auf billigere Bauplätze außerhalb von Veldenz zurückgreifen?» «Natürlich lässt sich mein Vorschlag eher umsetzen, wenn in Orten der Verbandsgemeinde, die touristische Ambitionen hegen, eine ähnliche Politik verfolgt wird, zum

Beispiel auch über sehr eng gezogene Bauperimeter. Schafft man die entsprechenden Voraussetzungen werden auch junge Haushalte sich mehr für das Orts-innere interessieren, was ein erhebliches finanzielles und gestalterisches Potential freisetzt. Überhaupt wird dort dann die Nachfrage steigen. Das wiederum mindert für einen Investor die Gefahr, dass er bei ei-ner teuren Sanierung von seinem Geld nicht allzu viel wiedersieht, weder über eine Vermietung noch über einen eventuellen Verkauf der renovierten Immobi-lie.» «Wie hoch schätzt du denn die Chancen ein dafür , dass sich ein Konzept, wie es dir hier vor-schwebt, rechtzeitig und langfristig durchsetzt?» «Schwer zu sagen. Ideal als einflussreiche Lobby wäre hier ein Charme-Hotel von internationalem Ruf. Kein Bauklotz, sondern ein Verbund pittoresker Häuschen mit einer großzügigen Wellness-Oase. Die meisten Hotels an der Mittelmosel haben nur einen später hinzugebastelten Alibi-Wellness-Bereich.» «Zieht es die Leute nicht doch immer wieder an den Fluss?» «Der ist nicht weit, den kann man auch von hier ha-ben. Darüber hinaus aber hat man hier eine schöne

Wald- und Gebirgsnatur. Wichtig ist, Besucher anzu-
ziehen, die an den Angeboten vor Ort und Umgebung interessiert sind. Touristen, die einfach lediglich
eine preiswerte Bleibe suchen und in der Hauptsache
damit zufrieden sind, nach Trier oder Lux zu touristi-
schen Allerweltszielen gekarrt zu werden, dürfen
nicht das einzige touristische Standbein sein.»

Für einen Augenblick herrschte Schweigen.

Dann sagte Hanna: «Aus all dem höre ich deine Sorge
heraus, ein schönes Landschaftsidyll könnte durch
eine zu ausgedehnte Bebauung endgültig verschan-
delt werden. Vieles hängt wohl davon ab, ob die ‚die
das entscheiden werden, das Ganze mit den gleichen
Augen sehen wie du.»

Die Vorspeise wurde gereicht und sie ließen sich
das Abendessen schmecken.

Es dunkelte schon etwas, als sie die Rückfahrt an-
traten. Hanna nickte zwischendurch einmal ein. Die
vielen neuen Eindrücke und der für sie ungewohnt

lange Spaziergang hatten sie müde gemacht. Und müde Beifahrer schlafen noch eher ein als ihre Fahrer, eben gerade weil sie nicht fahren.

Dieser ersten größeren gemeinsamen Unternehmung folgten weitere. Hanna und er bevorzugten es, möglichst für sich zu sein. Der Weg über die Grenze in eines der drei Nachbarländer war nicht weit. Jedes Land hatte sein eigenes Flair und in einem Radius von hundert, hundertfünfzig Kilometern von Lux gab es ein reichliches Angebot an reizvollen Zielen für Tagesausflüge.

Und bei einem dieser Ausflüge geschah es. Sie hatten zu Abend gegessen und fuhren in der Nacht über den Hunsrück zurück nach Lux. Alex steuerte auf dem Bergkamm, den sie gerade überquerten, in eine lange Kurve hinein, als ein großer, freier Platz vor dem Wald auftauchte. An einer Seite waren große, mächtige Baumstämme aufeinander geschichtet. Es war ein Anfahrtspunkt für Holztransporter. Für Hanna überraschend hielt Alex hier an, lud sie ein, doch noch für

einige Augenblicke ein nächtliches Panorama zu ge-
nießen. Sie stiegen aus. Alex schlug einen Weg ein,
der am bewaldeten Bergkamm leicht nach unten
führte. Nach nur etwa hundert Metern stießen sie
gleich neben ihnen bergabwärts auf ein sehr großes
Areal, das neu aufgeforstet wurde. Seine noch nicht
lange angepflanzten Bäume waren noch winzig. Es
gab daher den Blick frei auf die Weite einer Naturlandschaft bis hin zum Erbeskopf, der mit 817 Metern höchsten Erhebung in Rheinlandpfalz, von wo
herüber, gerade sichtbar, eine Antennenkuppel als
einziges Licht mysteriös aufschimmerte. Ein lauer
Sommerabendwind strich über die Gipfel und
brachte den Wald hinter ihnen zum Rauschen. Der
Himmel, eine einzige Pracht aus Sternen.

— Plötzlich fühlte er eine Hand an der seinen. Er zog
sie an sich und als er sich zu Hanna drehte, wußte er,
dass der Moment gekommen war, sich zu entscheiden. Nur einen Augenblick später, spürte er ihre war-
men Lippen auf den seinen und einen Körper voller
Hingabe, der sich an ihn schmiegte und ihn um-
schlang. Um sie herum die weiten Täler und riesigen

Wälder des Hunsrück und über ihnen die Unendlichkeit des Alls.

Frühstücksrunde

«Romane solltet ihr schreiben, damit hättet ihr im Kampf gegen die Vergänglichkeit mehr Erfolg», scherzte Jacques, als er sein Tablett mit dampfendem Kaffee und zwei leckeren Teilchen auf dem Tisch der Frühstücksrunde im Institut absetzte. «Schön wärs», lachte Alex, «wenn nur die Leser sich nicht ständig verändern würden». «Die Wissenschaftler an der kalifornischen Stanford-University leiteten damals das Blut junger Mäuse eine Zeit lang in alte Mäuse und umgekehrt. Dies führte bei den alten Mäusen zu deutlich verjüngenden Effekten, während die jungen Mäuse jetzt sichtlich schneller alterten. Man vermutete, dass unser Körper in der Jugend Botenstoffe produziert, die sich über das Blut verteilen und die Stammzellen in den Organen aktiv halten. Die Verringerung dieser Blutfaktoren im Laufe der Jahre führe dazu, dass die Erneuerung lahme, die Organe alterten, der Körper sich gewissermaßen selber abschaltet. Man hoffte diese Blutfaktoren genau zu finden und einmal in Pillenform verabreichen zu können», hörte Alex neben sich einen Kollegen über ehemalige Ergebnisse einer amerikanischen Forschungseinrichtung ausführen, als seine Aufmerksamkeit von Achim beansprucht wurde. «Wie meinten Sie das eben mit den sich verändernden Lesern?», fragte Achim. «Zwar gibt es», ging Alex auf seine Frage ein, «Werke – und damit meine ich nicht solche, die nur im Klassenzimmer unsterblich sind –, die immer wieder gelesen werden, wie zum Beispiel die Ilias und die Odyssee. Universelle Facetten menschlichen Daseins wie Liebe, Treue, Verrat, Schicksal etc. sind die Themen solcher Klassiker. Dennoch, die in Literatur oder Film dargestellten Welten durch Schrift oder Ton und Bild zu konservieren und der Zeit zu entrücken, gelingt nur bedingt. Gemeinschaften verändern sich und irgendwann können die Leser oder Zuschauer die gesellschaftlichen Verhältnisse und Wertvorstellungen, den Geschmack, können sie die Beweggründe der Handelnden einer Epoche nicht mehr nachvollziehen. Ähnlich ist es bei kulturell weit voneinander entfernten Gegenwartsgesellschaften. In der Physik können alle Zustände eines Systems, die vergangenen, gegenwärtigen und zukünftigen anhand der Werte derselben Variabeln dargestellt warden. Die Soziologie aber hat meines Wissens bislang keine universelle einheitliche Begrifflichkeit entwickelt, mit der sich die Ideen und Vorstellungen aller menschlichen Gesellschaften beschreiben ließen. Hinzu kommt, dass die Sprache selber sich verändert , ihre Lautgestalt, die Bedeutung ihrer Ausdrücke, ja die Grammatik selber und damit gehen schnell die mit dem Klangbild verbundenen Konnotationen und Assoziationen verloren sowie stilistische Feinheiten, inhaltliche Anspielungen usw. Kurzum, je weiter entfernt ein Text oder Film von uns ist, desto mehr muss er dem Leser oder Zuschauer erklärt werden, desto mehr muss er vermittelt werden.» «Warum verändert sich die Sprache eigentlich?» , wollte Achim wissen. «Der Sprachwissenschaftler Rudi Keller hat Sprachwandel mit der Entstehung eines Trampelpfades verglichen: genauso wie jemand, der über eine Wiese eine Abkürzung nimmt, keinen Trampelpfad entstehen lassen will, sondern möglichst schnell und energiesparend von A nach B gelangen will, genauso will jemand, der spricht, nicht die Sprache verändern, sondern Ziele mit kommunikativen Mitteln erreichen, z. Bsp. jemanden informieren, beeinflussen etc. Manchmal greift er um sozial erfolgreich zu sein auf innovative sprachliche Mittel zurück und wenn eine solche Neuerung von immer mehr Leuten aufgegriffen wird, findet sie allgemeine Verbreitung. Beim Sprechen nehmen die Leute übrigens auch gerne Abkürzungen. Schon Zipf hatte erkannt, dass die häufig gebrauchten Elemente einer Sprache sehr oft kürzer sind, als die weniger oft gebrauchten: Personalpronomen sind immer kurz, die Zeit der Gegenwart ist kürzer, als die zusammengesetzten Zeiten im Deutschen usw.» «Aber»,meinte Achim, «wenn irgendwo der Boden so fest getrampelt wird,dass kein Gras mehr durchkommt, das hat doch was mit Naturgesetzen zu tun und lässt sich doch nicht einfach nur mit Zielen von Handelnden erklären.»   «Ganz recht», erwiderte Alex, «aber umgekehrt könnten wir nicht auch Handlungen rein naturgesetzlich erklären? Warum rennt jemand? Wir sagen in einer entsprechenden Situation zum Beispiel, dass er rennt, um den Bus zu erreichen. Aber könnten wir sein Rennen nicht auch einfach durch die biologischen Vorgänge in seinem Gehirn und in seinem Körper erklären? Diese Sichtweise hat der Philosoph Peter Bieri sehr schön in einem Bild ausgedrückt. Er sagt, könnten wir in unserem Gehirn wie in einer großen Fabrik umhergehen, gäbe es nichts, was ein Erleben erforderlich machen würde, nirgendwo gäbe es eine kausale Lücke, die ein Eingreifen von außen erfordern würde, auch das mache Bewusstsein zu einem Rätsel. Und ich glaube, auch wenn wir einfach sagen würden, Bewusstsein, Erleben sei die Innenperspektive materieller Vorgänge, so würde uns das nicht weiter helfen, denn nur ein kleiner Teil der materiellen Vorgänge im Gehirn gelangt ins Bewusstsein und das auch nur, so weit mir bekannt, wenn ihre Impulse bestimmte Stellen im Gehirn erreichen. Es gibt philosophische Gesamterklärungsversuche der Welt, in denen der Geist und Materie keine wirklichen Gegensätze sind. Aber erst ,wenn wir diese Gedankengebäude überprüfen könnten , wüssten wir Näheres. Bei Leibniz zum Beispiel besteht die ganze Welt aus Monaden und eine körperlich ausgerichtete Monade ist

eine Monade, die noch nicht ganz erwacht ist.»
Nach kurzem Schweigen sagte Achim : «Haben Sie
mal ein Beispiel für so einen Trampelpfadsprachwan-
del?» «Wenn in einer Gegend, in der 'Haarschneider`
oder 'Frisör` die normale Bezeichnung ist, jemand
sich 'Coiffeur` nennt, um zu signalisieren, dass er ein
Frisör für Anspruchsvolle ist und er auf diese Weise
viele Kunden gewinnt, werden andere möglicherweise auch 'Coiffeur` über ihren Laden schreiben.
Wenn er viele Nachahmer findet, wird 'Coiffeur` im-
mer mehr zur normalen Bezeichnung   und 'Haar-
schneider` oder 'Frisör` werden zwangsläufig eine Be-
deutungsverschlechterung erfahren. Das Beispiel hat
Rudi Keller übrigens auch selber gebraucht.» «Auch
die Grammatik ändert sich?»,erkundigte sich Achim
etwas ungläubig. «Ja, ein Beispiel: Sie können Italie-
nisch so viel ich weiß , nun wie im Deutschen gab im
Lateinischen die Deklination, gaben also Wortendun-
gen Auskunft über die Rolle der Wörter im Satz. Dem-
entsprechend war die Stellung der Wörter sehr frei.
Im Italienischen dagegen, dem heutigen Latein sozusagen, spielt hier die Stellung der Wörter im Satz die
Hauptrolle: ' L'uomo ama la donna. Der Mann liebt

die Frau. Aber: La donna ama l'uomo. Die Frau liebt den Mann.' Wer hier wen liebt, wird heute im Italienischen an der Wortstellung erkennbar.» -

Inzwischen hatten fast alle zu Ende gefrühstückt. Neben Alex und Achim gab jemand gerade noch einen Witz zum Besten: «In Paris fiel ein Mann aus dem vierzigsten Stock eines Hochhauses herunter. Als er am zwanzigsten vorbeisauste, erkundigte sich jemand bei ihm: 'Comment ça va? Wie geht es Ihnen?' - 'Jusqu' ici ça va. Bis hierhin gut! » «Hast du damit auch unsere Situation resümiert?», fragte Jacques in das allgemeine Lachen hinein. «Wohin geht es denn in die Ferien?», wollte Alex wissen. «Meine Eltern, meine Schwester und ich machen eine Kreuzfahrt im westlichen Mittelmeer, der Vesuv, Pompeji, der Stromboli, der Ätna, Vulkane haben mich immer schon fasziniert.» «Ja, die Entfesselung solch gewaltiger Kräfte ist an sich schon sehr be-eindruckend. Besonders augenfällig wird beim Vulkanismus auch, wie die Natur eine schöpferische Seite aber auch eine bedrohliche, zerstörerische Seite hat, Vulkane erschaffen neues Land, ja ganze Inselgruppen und breiten fruchtbare Böden aus, andererseits verwüsten sie ganze Landstriche. Weniger anziehend, aber dafür sehr bedrohlich und gefährlich finde ich den von Menschen gemachten Vulkan unmittelbar jenseits der Grenze unseres kleinen Landes. Es war klar, dass Alex damit das große Atomkraftwerk meinte. «Die paar Tage am Institut bis zur schönen Reise schaffen Sie noch», fuhr Alex fort, «man muss das positiv sehen: denn wo keine Spannung, da keine Entspannung. So und jetzt auf in den Kampf.» Er erhob sich und das war für die meisten auch das Signal, der Impuls zum Aufbruch.

Verfall

Als er die Altenstation betrat, schlug ihm jener unverkennbare Geruch entgegen, der wie ein Fluch in geriatrischen Abteilungen von Krankenhäusern hing. «Ich will nach Hause, jetzt gehen wir nach Hause!», riefen, jammerten, schrien, brüllten Stimmen, Menschen, aus allen Zimmern. Einige versuchten, etwas zu essen, aber es ging nicht. Manche scharrten das Essen, das sie nicht herunterbekamen, mit den Fingern wieder aus dem Mund, andere erbrachen bereits Gegessenes. Wieder andere stierten einfach vor sich hin, das Tablett mit der Mahlzeit vor sich auf dem Betttisch. - Ein alter Mann war mit einem über die Bettdecke verlaufenden Bauchgurt auf seinem Bett fixiert. Er flehte ihn mit verzweifelten Gesten und schwacher Stimme an, ihn zu befreien. - In einem der Zimmer sah er in einen Spiegel. Ein uraltes Greisengesicht blickte ihn an. Als er erkannte, dass es sein eigenes war, stieg eine ungeheure Furcht in ihm auf und füllte schnell sein ganzes Inneres. Er hastete zurück zum Ausgang der Station. Offenbar wurde er verfolgt! Drei kräftige Krankenpfleger, in einer Hand jeweils einen Fixiergurt haltend, waren ihm eng auf den Fersen. An der Stationstür begann er den Code einzuhämmern, um sie zu öffnen. Es war der Falsche! Eine völlige Panik ergriff ihn. Er war noch dabei, es wieder zu versuchen, als er mit Herzklopfen und von Angstschweiß durchnässt aufwachte.

Schlimme, quälende Erinnerungen wurden wieder in ihm wach: Der Schlendrian einzelner Ärzte, die ihre alten Patienten kaum zu Gesicht bekamen und anhand erhobener Laborwerte ihre Ferndiagnosen, manchmal lebensgefährliche bis tödliche, stellten ; Personal, das, selbst bei höchster Motivation, einfach nicht die Zeit hatte, Patienten individuell zu begleiten ; Angehörige, die diese Mischung aus Fahrlässigkeit und Mangelausstattung zu spät erkannten. Wenn es irgendwie geht, sollte man Menschen am Ende ihres Lebens ein Alten- oder Pflegeheim ersparen, doch selbst in Fällen allerhöchster Not war in der Regel auf Monate oder Jahre hinaus kein Pflegeplatz aufzutreiben.

Wer die körperliche und geistige Maschinerie eines alten Menschen nach einer längeren Zwangspause der Nahrungsaufnahme, des Essens, der Bewegung, der geistigen Aktivität wieder in Betrieb setzen will, der muss bei der allerersten Gelegenheit unverzüglich versuchen, den Abbau zu stoppen und umzukehren.

Doch selbst bei besten Bedingungen behält eine solche Szenerie des Niedergangs immer etwas Bedrückendes. Wer aus einer solchen Welt wieder in die andere Welt zurückkehrt, wieder ins Freie tritt, der hat begriffen: der ganz normale Alltag schon ist ein grenzenloses Geschenk.

Wenn Wissen Verbrechern jeden Preis wert ist

Über Nacht Teil eines Krimithrillers

Er hatte schlecht geschlafen und noch schlechter geträumt, zudem hatte er seinen Wagen wegen einer dringenden Reparatur gestern noch in die Werkstatt gebracht.

Nun stand er hier im Bus, der übervoll im Licht der aufgehenden Sonne zur Stadt hinfuhr. Als er bei seinem Institut anlangte, erwartete ihn eine jähe Überraschung. Etliche Polizeiwagen mit laufendem Blaulicht standen davor, dazu ein Kranken- und ein Notarztwagen.

Als er sich auf den Institutsbau zu begab, um ins Innere zu gelangen, transportierten Notfallsanitäter und Rettungsassistent auf einer Trage eine Person aus dem Gebäude. Als sie näher an ihm heran waren, erkannte er: Es war Vanessa, eine junge Wissenschaftlerin. Sie schien schwer verletzt.

In der Eingangshalle stieß er auf Jacques. Er musste eine Art Schock erlitten haben. Das verriet der Ausdruck in seinem Gesicht sofort und ließ in Alex augenblicklich allerlei Befürchtungen hochschießen.

Am frühen Morgen habe ein Mitarbeiter Vanessa gefesselt, bewusstlos und übel zugerichtet in 15 gefunden, berichtete er Alex. 15 war der Raum, in dem in abgeschlossenen Schubladen und einem Safe Geheimnisse des Institutes, die man wegen der in letzter Zeit stark zunehmenden Hackerangriffe und Cyberattacken auf das institutsinterne Rechnernetz nicht mehr im Intranet vorrätig halten wollte, aufbewahrt wurden. Eines der beiden Fenster des Zimmers war aufgehebelt worden, der Raum war völlig verwüstet, alle Schubläden und Schränke aufgebrochen, durchwühlt, ihr Inhalt größtenteils auf den Boden gekippt, die Tür des Safes stand offen, der Tresor war leer. Der Tatbereich war abgesperrt, die Spurensicherung hatte ihre Arbeit aufgenommen, Vanessa selber im Augenblick alles andere als in der Lage, nähere Auskunft geben zu können.

Schon lange hatte er bei der Institutsleitung auf mehr Sicherheitsvorkehrungen gedrängt. Die jetzigen stammten noch aus einer Zeit, als die Forschungseinrichtung wohl gute Arbeit leistete und bedeutsame Resultate lieferte, die aber dennoch von geringerer Tragweite waren als die Ergebnisse, die das Institut jetzt beherbergte. Glücklicherweise hatten er und Robert zufällig am Tag zuvor jeweils wichtige Unterlagen mit nach Hause genommen, um Ergänzungen vorzunehmen, – ohnehin bewahrten die wenigen Geheimnisträger des Forschungszentrums jeder bei sich zu Hause eine Kopie mit den wichtigsten Daten auf -, so dass sich der Schaden, etliche Dokumente und Papiere, zufälligerweise in Grenzen hielt und auch keine Schlüsselergebnisse den Tätern in die Hände gefallen waren.

Irgend jemand musste den Verbrechern Informationen und Einblicke in die Arbeit des Institutes und in seine Räumlichkeiten und deren Bestimmung verschafft haben, ansonsten hätten sie nicht so gezielt vorgehen können, um Forschungsergebnisse und deren Anwendungsmöglichkeiten – denn darum ging es ja wohl- zu klauen.

Die Ermittlungen der Polizei blieben zunächst ohne große Ergebnisse. Die Kriminellen hatten ihren Coup so umsichtig geplant, dass auch die Videoüberwachung öffentlicher Räume in der Nähe des Institutes keinerlei ergiebige Ansätze lieferte. Vielen Mitarbeitern merkte man manchmal an – und Alex war da keine Ausnahme – dass die Angst in sie gekrochen war. Sie fürchteten, Ähnliches könne sich wiederholen. Vanessa hatte auch innere Verletzungen davongetragen und musste operiert warden. Als sie wieder befragt werden konnte, schilderte sie die Dinge so:

Um sechs Uhr sollte ihre Maschine vom Flughafen Findel abheben und sie zu einer Tagung von Wissenschaftlern im Ausland bringen. Am Abend zuvor fiel ihr auf, dass ihr noch einige Unterlagen für die Tagung fehlten. Da ihr kleines Appartment sich in einem der Wohn- und Geschäftstürme gleich neben dem Institut befand, wollte sie noch vor der Fahrt zum Flughafen sich kurz vor 4 Uhr in Raum 15 begeben und ein paar Unterlagen photokopieren. Schon vor Erreichen von 15 habe sie Geräusche, Knacken, ja sogar ein Poltern gehört. Wider Erwarten sei die Tür noch verschlossen gewesen. Das habe sie erstaunt. Sie habe sie aufgesperrt und vorsichtig etwas aufgemacht. Einen verwüsteten Raum mit vermummten Männern, die sich an Schränken und Schubläden zu schaffen machten, habe sie erblickt. Unmittelbar habe sie erkannt, dass hier ein Einbruch stattfinde. Sie habe noch versucht, sich unauffällig zu entfernen, um dann die Polizei zu rufen, aber einer der Männer habe sie bereits bemerkt gehabt. Nach kurzer Verfolgung sei sie eingeholt worden. Ein großer kräftiger Mann habe ihr den Mund zugehalten, um weitere Hilfe-

schreie zu unterbinden, und sie in Raum 15 zurück-
gezerrt. Dort sei sie gefesselt und zunächst geknebelt
worden. Die Einbrecher seien zu dritt gewesen, alle
vermummt. Einer von ihnen, schmaler und kleiner als
die beiden anderen, schien derjenige zu sein, der sich
am besten auskannte mit dem, wonach man suchte,
denn er konzentrierte sich ausschließlich auf die
Durchsicht der Ordner und Unterlagen. Der Tresor
bereitete Probleme: schwer und zu gut in der Mauer
verhaltert, um nach kurzer Zeit abtransportiert werden zu können, sein Inhalt wohl zu verletzlich, um gewisse gewaltsame Arten des Öffnens zur Anwendung
zu bringen. Das war ihr Pech. Sie wollten von ihr den
Zugangscode nun unbedingt wissen. Sie behauptete
zunächst, ihn nicht zu kennen. Damit gaben sich die
Eindringlinge aber nicht zufrieden. Als sie ihn weiterhin nicht preisgab, begannen sie sie zu schlagen und
zu treten. Nach einem dieser Tritte, einem Tritt in den
Rücken, fing sie an höllische Schmerzen zu verspüren
und begann um ihr Leben zu fürchten. Schließlich
sagte sie ihnen den Code. Sie habe die Tür des Tre-
sors noch aufgehen sehen, als sie, wohl nach einem
Schlag auf den Kopf, ohnmächtig geworden sei.

Was die junge Kollegin erleiden musste, löste in Alex totale innere Empörung aus und er wünschte zutiefst, dass diesen skrupel- und gewissenlosen Verbrechern im Leben mindestens einmal dasselbe widerfahren würde wie Vanessa.

Die Sicherheit wurde am Institut nun auf allen Ebenen verbessert: Die Maßnahmen reichten vom Einbau möglichst einbruchssicherer, zum Teil vergitterter, ja sogar feuerfester Fenster und Türen über die Installation von Alarmanlagen und Videoüberwachung, der Einrichtung von Bereichen mit Zugangscodes und Gesichtserkennung bis hin zur klaren Regelung von Zuständigkeiten und der Mehrfachkontrolle bestimmter Abläufe durch unterschiedliche Angehörige des Institutes.

Dennoch, der Fall war nicht aufgeklärt und so herrschte im Haus fortan ein Klima des Misstrauens.

Der Tanz auf dem Vulkan

Den Einwohnern des kleinen Landes ging es gut. Nicht allen, den meisten aber. Nicht nur diesen: ganze Heerscharen von ausländischen Arbeitskräften pendelten jeden Tag über die Grenze, fanden Lohn und Brot in dem kleinen Land Lux und viel Geld aus dem kleinen Land wurde bei Reisen, Ausflügen, Einkaufstouren im nahen aber auch ferneren Ausland ausgegeben und ließ dort die Kassen klingeln. Ein blühender Finanzplatz hatte seit langem die Stahlindustrie als Wirtschaftslokomotive abgelöst. Die Strategie, günstiger zu sein als andere Staaten, insbesondere die Nachbarstaaten, zeigte Wirkung und lockte neben Banken viele andere Unternehmen und Kunden - auch international bedeutende – nach Lux. Geringere Einnahmen durch kleinere Steuer- und Abgabensätze können in einem kleinen Land mit der Bevölkerung einer etwas größeren Stadt eher über die Neuansiedlung von Betrieben mehr als wettgemacht werden als in einem großen Land. Letzteres verliert bei einer flächendeckenden Verringerung der Steuer- und Abgabenlast zuviel Geld, als dass eine prozentual geringe Ansiedlung neuer Betriebe dies hier ausgleichen könnte. Schließlich hat jeder Staat laufend feste Ausgaben, die er über genügend Einnahmen finanzieren können muss, will er nicht seine Substanz gefährden. Unter die hier benötigten Mindesteinnahmen kann er nicht gehn. Der stärkste Posten bei den Steuereinnahmen rührte von Löhnen und Gehältern her. Und nicht nur den Einwohnern, auch den Unternehmen ging es gut. Inmitten eines Kontinents zentral gelegen, beschützt von einem mächtigen Militärbündnis, frei von Bürgerkrieg und – auch dank einer breiten, wohlhabenden Mittelschicht – frei von großen sozialen Spannungen und Lohnkonflikten, ausgestattet mit einer guten materiellen und Know-how- Infrastruktur und ohne größere Bedrohung durch Naturgewalten fühlte das Geld sich hier wohl. Und seit einigen Jahren wurde das Geld endlich nicht mehr nur, fast nur, dafür verwendet, es zu vermehren und Konsum zu befördern, sondern für so sinnvolle Dinge wie medizinische und biologische Forschung.

Dieser Politik verdankte auch das Institut für die Erforschung des Alterns seine Existenz.

Den Einwohnern des kleinen Landes ging es gut. Indes ist keine Entwicklung natürlich ohne Hürden , Hindernisse, Risiken und auch Kehrseiten.

Da gab es den riesigen Bedarf an Arbeitskräften, der zum großen Teil nur durch Menschen aus dem nahen und fernen Ausland gedeckt werden konnte dank vergleichsweise höherer Nettolöhne und besserer Sozialleistungen und Renten, die in Lux gezahlt wurden. Aber natürlich ging dem Ausland dadurch auch so manch gute Arbeits- und Fachkraft verloren. Und natürlich stellte die Einwanderung vieler Menschen Schule und Bildunswesen aber auch Arbeitswelt vor große Herausforderungen, da die allermeisten Neuankömmlinge die in Lux üblichen Sprachen nicht beherrschten.

Da gab es den ständigen Druck auf die Grundstückspreise, auf den Immobilien – und Wohnungsmarkt, verursacht durch eine stets wachsende Bevölkerung, die vielen zum Teil auch auf Scheidungen zurückzuführenden Single- Haushalte, den Anspruch, schön und mit viel Wohnraum zu leben. Für viele Einwohner waren die Preise eigentlich schon längst unbezahlbar und machten den Vorteil besserer Löhne und Gehälter zu einem erheblichen Teil wieder zunichte. Nicht wenige bevorzugten es, im billigeren nahen Ausland zu wohnen und bezahlten dann mit längeren Anfahrten, weniger kultureller Vielfalt um sie herum, weniger günstigen Sozialleistungen und mit geringeren Fremdsprachenkenntnissen für ihre Kinder, was für eine Karriere im öffentlichen Dienst in Lux durchaus ein Hindernis sein konnte. Der durch das teure Wohnen entstandene politische Unmut und Druck wäre noch viel größer gewesen, wäre nicht ein gewaltiger Anteil der Erwerbstätigen ohnehin im Ausland wohnende Grenzgänger gewesen. Auch könnte ein wirtschaftlicher Einbruch und die damit einhergehende Arbeitslosigkeit und /oder Schrumpfung der Löhne dazu führen, dass die Leute ihre hohen Hypothekendarlehen nicht mehr bedienen könnten, viele gezwungen wären, ihre Häuser und Wohnungen zu verkaufen und so eine Immobilienblase entstehen könnte mit allen Folgen: das Geld der unter ihrem ursprünglichen Wert verkauften Häuser würde oft nicht reichen, um den aufgenommenen Kredit zu tilgen, Banken würden auf ihren Kreditforderungen sitzen bleiben und in Bedrängnis geraten usw. Und überhaupt, würden nicht hohe Grundstückspreise eine ständig wachsende Bevölkerung nach und nach mehrheitlich zu Mietern und der Bau und Besitz von Immobilien immer mehr zu einer Angelegenheit für reiche Bauunternehmer und Investoren werden lassen? Würde der Erwerb eines Eigenheims – bis dato waren die Leute in Lux überwiegend Besitzer der Immobilie, die sie bewohnten – für immer mehr Menschen nicht oder kaum mehr möglich sein? Dies würde dann wohl auch die breite Mittelschicht schrumpfen lassen, was für den sozialen Frieden und die politische Stabilität der Gesellschaft nicht zuträglich sein würde.

Da gab es die ständig wachsende Zahl der Renten- und Pensionsbezieher. Irgendwann gingen neben den seit langem Ansässigen auch die vielen über die Jahrzehnte in der Arbeitswelt als Grenzgänger oder Eingewanderte Hinzugekommenen in Rente und wollte man diese Rente auf dem für Lux gewohnten guten Niveau halten, musste man für genügend wirtschaftliches Wachstum sorgen. Das Zahlenverhältnis zwischen Beitragszahlern und Rentenempfängern musste stimmen in einem System, wo die Rente nicht über das ganze Arbeitsleben hinweg angespart wird, sondern wo die Erwerbstätigen durch monatliche Beiträge die Bezüge der Ruheständler finanzieren. Wirtschaftliches Wachstum, Produktivitätssteigerung und das ständige Schaffen zusätzlicher Arbeitsplätze, waren bislang möglich und notwendig auch, um eine Überalterung der Bevölkerung zu begrenzen. Geringe Geburtenraten und eine aufgrund der guten Lebensverhältnisse und des medizinischen Fortschritts gesteigerte Lebenserwartung hätten die Bevölkerung vergreisen lassen, hätten den Anteil der Älteren an der Gesamtbevölkerung zu hoch werden lassen, wenn nicht ein ständiger Zustrom von jungen Zuwanderern dem entgegengewirkt hätte, die Bevölkerung sozusagen künstlich verjüngt hätte. Wobei allerdings noch vermerkt werden muss, dass auch wesentlich höhere Geburtenzahlen den ständigen schnellen Neubedarf zusätzlicher Arbeitskräfte nicht hätten gewährleisten können. Es liegt im Übrigen auf der Hand, dass Gesellschaften, in denen die Menschen einen hohen Lebensstandard anvisieren, oft lange in Ausbildung sind, in oft instabilen Paarbeziehungen - siehe nur die hohe Zahl der Scheidungen – leben, eventuell noch teuer für Wohnen zahlen müssen, kaum Tendenz haben werden, reich an Kindern zu sein. Verheiratete Frauen nicht mehr am Berufsleben teilhaben zu lassen galt vernünftigerweise allgemein auch nicht als Lösung, um Kindersegen zu fördern. Zu viele Kinder brauchtes es auch nicht zu sein, aber es waren halt zu wenige. Und wer würde die zahlreichen Pensionen und Renten erarbeiten, sollten die vielen ausländischen Arbeitskräfte, Ansässige und Grenzgänger, im Falle eines Einbruchs oder Niedergangs der Wirtschaft in Lux ihr Interesse am Arbeitsmarkt von Lux verlieren, in ihren Ländern bleiben oder dahin zurückkehren? Selbst für eine Finanzierung der Renten rein aus Steuergeldern, immerhin einer breiteren Finanzierungsbasis als Beiträge zu Pensions-und Rentenkassen, stünde jetzt wohl ein weitaus geringeres Steueraufkommen zur Verfügung.

Unübersehbar gab es da auch die ständig fort-
schreitende Umwandlung grüner Landschaft in
Wohnsiedlungen, Industrie- und Gewerbegebiete.
Und in manchen Teilen begann das Land bereits etwas zu verstädtern, jedenfalls betrachtet aus den Augen derer heraus, die das Land schon vor ein paar
Jahrzehnten erlebt hatten. Unübersehbar die Jogger
entlang viel befahrener Straßen, hätte man früher
doch Leute, die nicht in der frischen Luft freier Natur
ihren Laufsport betrieben, für ein bisschen verrückt
gehalten. Das Netz der Naherholungsmöglichkeiten
war durch eine ausufernde Bebauung vielerorts zer-
schnitten und oft nicht mehr so schnell erreichbar wie
früher. Goldene Wasserhähne im Innern, außen der
Blick auf die Paletten einer Industriezone: war das die
Zukunft? Die Reichen und Wohlhabenden am Wochenende im Wochenendhaus im grünen nahen Ausland oder mit dem Flugzeug in den Kurzurlaub und
die Armen und weniger Begüterten in einer Be-
tonwüste und in Alibiparkanlagen? Die Digitalisie-
rung der Wirtschaft war gerade in vollem Gange.
Würde sie genügend Produktivitätssteigerung her-

vorbringen, um den Bedarf an zusätzlichen ausländischen Arbeitskräften zu reduzieren oder gar dazu führen, dass es schon bald zu einem Überschuss an Arbeitenden und damit zu weiteren Problemen der Arbeitslosigkeit kommen würde? Bisher machte häufig die Tatsache zu schaffen, dass Qualifikation und Profil der Bewerber oftmals nicht zu den angebotenen Stellen passten.

Da gab es im Zusammenhang mit der ständigen massiven Zuwanderung große Teile der Bevölkerung, die die Staatsbürgerschaft von Lux nicht besaßen. Sie waren aber nicht, wie oft behauptet, politisch Ausgeschlossene, denn Lux erlaubte eine doppelte Staatsbürgerschaft, die das Heimatland der meisten Zuwanderer auch gestattete. Allerdings fühlten wohl viele sich ihrem neuen Wohn- und Arbeitsland nicht oder noch nicht verbunden genug, um einen solchen Schritt zu machen und das Angebot einer zweiten Heimat anzunehmen. Wer ankam, war oft zunächst einmal mit seinem Geldbeutel Luxer und mit seinem Herzen Italiener, Deutscher usw. Die Verbundenheit mit dem neuen Land, wenn sie sich denn einstellte, brauchte Zeit, um über das Erlebte zu wachsen. Dabei hätten die Zugewanderten, objektiv betrachtet, durchaus ein Interesse an politischer Mitgestaltung. Wer sich in einem fremden Land eine Existenz aufbaut und sogar seine Rente diesem Land anvertraut, kann nur ein Interesse daran haben, dass dieses Land prosperiert, dass dort Wohlstand und sichere und stabile Verhältnisse herrschen. Irgendwann hatte eine amtierende Regierung den Vorschlag eines Einwohnerwahlrechtes auf nationaler Ebene gemacht und dem Volk per Referendum zur Abstimmung vorgelegt. Mit erdrückender Mehrheit wurde der Plan abgelehnt. Bei aller Aufgeschlossenheit, Offenheit und Liebe für die aus dem Ausland Hinzugekommenen und deren Kultur, die zumeist bei den Bürgern von Lux anzutreffen war, war ihnen ein solches Unternehmen doch zu riskant, schien ihnen der Vorschlag in seinen Folgen nicht durchdacht, unbesonnen und sehr unvorsichtig:

Schließlich hatten sie nur diese kleine Scholle, wo sie frei, unabhängig und ohne jemanden um Erlaubnis fragen zu müssen leben konnten, während ein Ausländer, wenn es ihm in Lux nicht mehr gefiel, in sein Land zurückkehren konnte.

Schließlich bestand die Gefahr, dass in allen politischen Lagern die Radikaleren, die Scharfmacher, die Aufwiegler, die Hasser schnell die Atmosphäre für eine sinnvolle und besonnene, vernünftige politische Diskussion und Gestaltung vergiften könnten. Politik als die Kunst des guten Zusammenlebens in einer Gemeinschaft ist eben kein einfaches Fach.

Schließlich wollten sie nicht in absehbarer Zeit eventuell von einer Koalition von Ausländern regiert werden und damit de facto zu einem Volk ohne eigenen Staat werden. Wie es einem Volk, ohne einen eigenen Staat, der es schützte, ergehen konnte, war vielen von ihnen aus Beispielen aus Vergangenheit und Gegenwart hinlänglich bekannt. Niemand garantierte, dass die neuen Lenker des Staates noch genauso tolerant sein würden, wie die vormals ausschließlich von den Staatsbürgern Luxens gewählten Regierungen.

Schließlich bestand auch die Befürchtung, ausländische Wähler könnten vor allem bestrebt sein, Lux ihrem jeweiligen Ursprungsland möglichst ähnlich zu machen und die verschiedenen ausländischen Gruppen eventuell auch untereinander in Streit geraten.

Streit, Unruhen, schlimmstenfalls bürgerkriegsähnliche Zustände war das Letzte, was ein Finanzplatz gebrauchen konnte. Das Geld würde aus Lux verschwinden. Ein friedliches, gutes Zusammenleben ist eine unabdingbare Voraussetzung für dauerhafte wirtschaftliche Prosperität.

Schließlich, sollte gar eine ausländische Gruppe ganz die Oberhand gewinnen und Lux dabei eventuell zu einer Art Kolonie eines ausländischen Staates werden, würde das hier verdiente viele Geld wohl ohnehin zu einem guten Teil in die wahrscheinlich leeren oder nicht so gut gefüllten Kassen eines ausländischen Staates fließen und der Wohlstand wäre größtenteils dahin, auch für die hier lebenden Ausländer.

Solcher Art waren die unter den Bürgern von Lux geäußerten Bedenken, Sorgen und Befürchtungen gerade auch und umso mehr, weil die Zuwanderung nicht abnahm. Risikoarm wäre ihnen ein Ausländerwahlrecht wohl erschienen, wäre die Zahl der ausländischen Mitbürger klein gewesen. Aber einmal eingeführt, würde sich in einem Land, wo zum Zeitpunkt des Referendums die Zahl der Ausländer schon fast

so groß wie die der Staatsbürger war, ein Ausländerwahlrecht, sollte es sich nicht bewähren, kaum mehr
rückgängig machen lassen. Jeder Vorschlag, den
Weg umzukehren, würde vermutlich zu großen Spannungen und Konflikten führen. Warum auch jemanden mitentscheiden lassen, der nicht einmal von sich
sagen würde, auch Lux sei für ihn Heimat? Und so
fand die Idee eines Einwohnerstaates bei den Bürgern
von Lux überhaupt keine Mehrheit.

Da gab es bei immer mehr in Lux Ansässigen die
Erkenntnis, dass, wenn man auf Dauer Probleme
über Wachstum, quantitatives Wachstum, lösen will,
dabei noch zusätzliche, andere Probleme entstehen
können.

Aber all diese Probleme und Möglichkeiten staat-
licher Entgleisung waren gar nichts, gemessen an
dem ungeheuren Potential an Vernichtungskraft, das
unmittelbar hinter der südlichen Grenze lauerte: ein
Atomkraftwerk mit 4 Reaktoren. Seine übergroßen
Türme waren von vielen Punkten des kleinen Landes
aus in Sichtweite und stießen gewaltige Mengen und
Wolken an Wasserdampf aus, die noch in sehr weiter

Entfernung zu sehen waren und in den Himmel ragten.

Spätestens seit einigen Supergaus in der fernen Welt war die extreme Gefährlichkeit solcher Anlagen in der Bevölkerung allgemein bekannt. Bei einem größeren Unfall konnten große, ja riesige Gebiete so verstrahlt werden, dass Menschen dort nur unter Inkaufnahme schwerer strahlenbedingter Gesundheitsrisiken und Krankheiten oder einfach auf Jahrhunderte oder länger überhaupt gar nicht mehr leben konnten. Gefährlich waren nicht nur die Auswirkungen eines Atomunfalls, gefährlich war auch seine Eintrittswahrscheinlichkeit. Alle Berechnungen von Experten hatten sich hier als illusorisch und völlig unrealistisch herausgestellt: Nicht in Äonen, sondern binnen Jahren und Jahrzehnten schon hatten sich Katastrophen ereignet. Die Ursachen dafür? Von aller Art: menschliches Versagen, Naturkatastrophen usw. Auch mit Terroranschlägen, Materialermüdung oder –verschleiß oder einfach mit einer unglücklichen Verkettung von Umständen musste man rechnen. So war der weitaus überwiegende Teil der Atomanlagen in der Welt noch vor den Zeiten des globalen Terrorismus konzipiert und gebaut worden, aber eine bauliche Nachrüstung solcher Anlagen für diese neue Gefahr war der Industrie in der Regel zu teuer. Viele Gebäude für Reaktoren, Abklingbecken voller Brennelemente und atomare Zwischenlager waren daher nicht robust genug. Niemand wusste auch wohin mit den immer größer werdenden Mengen von Atommüll. Auf einen "Müllplaneten" oder auf den Mond konnte man ihn auch nicht schießen, dazu fehlten entweder die technischen Voraussetzungen oder aber bei der geringen Nutzlast bisheriger Raketen das Geld, ganz zu schweigen von den Risiken dabei - man stelle sich nur zum Beispiel eine kurz nach dem Start über einer Stadt mit ihrer Atomfracht explodierende Rakete vor. Trotz all dieser Risiken, ungelösten Probleme und Gefahren hielten nicht wenige Regierungen weiter an ihrem Kurs einer zivilen Nutzung der Kernenergie fest, einer Art der Energiegewinnung, die vielerorts in der Welt schon als überlebt und rückständig angesehen wurde. Ohnehin war es aber wohl eine Illusion zu glauben, dass Atommächte jene Kernanlagen, die sie für den Erhalt und die Modernisierung ihrer Atomwaffen brauchten, jemals abschaffen würden.

In großen Ländern können Menschen im Falle einer nuklearen Katastrophe in eventuell unkontaminiert gebliebene Gebiete evakuiert werden, kann von dort Hilfe geleistet werden, können hier weiter unverseuchte Lebensmittel produziert werden, können Betriebe aus unbewohnbar gewordenen Landesteilen sich hier wieder neu ansiedeln. Für kleine Staaten aber ist ein Supergau wohl kaum nur verheerend, sondern vernichtend. Bei viel Glück können günstige Winde den Einwohnern vielleicht noch die Zeit lassen, sich und ein paar Habseligkeiten in Sicherheit zu bringen. Ist das Territorium des Landes aber ganz, oder nahezu ganz, stark verstrahlt, kann der kleine Staat sich nicht mehr aus eigener Kraft helfen. Seine Bewohner werden zu Flüchtlingen, angewiesen auf die Hilfe anderer Länder. Auch Pensionen und Renten können auf seinem Gebiet natürlich nicht mehr erwirtschaftet werden.

Alle Proteste und alle Bemühungen seitens der Regierung von Lux, das Nachbarland dazu zu bewegen,

dieses in allernächster Nähe gelegene Atomkraftwerk stillzulegen, weil es für Lux eine wirklich existen-
tielle Bedrohung darstellte, blieben erfolglos, auch
nachdem die für das Kraftwerk ursprünglich vorgese-
hene Laufzeit längst abgelaufen war und die mehr
oder weniger ausgebesserten riesigen Anlagen weiterhin ihre Wolken bedrohlich in den Himmel spien.
Wie vielen, die ihr Glück, auch ihr berufliches Glück,
in Lux suchten, war das voll bewusst, wie viele ver-
drängten solche Gedanken oder wie viele waren einfach sorglos? Dass der Nachbarstaat oder das das
Kraftwerk betreibende Elektrizitätsunternehmen alle
von dem Unglück Betroffenen voll entschädigen
würde, glaubten wohl ernsthaft die wenigsten. Ohnehin waren etwa Pensionen und Renten in den Nach-
barländern weniger hoch und so mancher Verlust
würde wohl eher durch eine symbolische Abfindung
entschädigt werden, heimlich begleitet von der Scha-
denfreude derer, die dem kleinen Land schon lange
den Erfolg neideten.

Und so war das Leben des bunten Völkergemischs
zu Füßen der gigantischen Türme ein Tanz auf dem
Vulkan: Lux potentiell ein modernes Pompeji.

Die Eltern

Anfang September begann Hanna ihre zwei Auslandssemester. Seit sie ein Paar waren, hatten sie sich beinahe täglich getroffen, an Samstagen oder Sonntagen ging es zu langen Ausfahrten ins nahe Ausland. Jetzt, wo Hanna in Belgien war und nur alle paar Wochen nach Hause kam, fuhr er mit dem Auto zu ihr am Wochenende. Es war für beide interessanter, spannender und erholsamer, die gemeinsame Zeit in neuen Umgebungen zu verbringen. Im Übrigen tut es einer Beziehung gut am Anfang, wenn sie Zeit hat, stark zu werden abseits von der Kulisse der Konkurrenten, Neider , Spötter und Zerreder. Insbesondere gilt das, wenn die neue Bindung besondere Angriffsflächen bietet, wie in ihrem Falle der gewisse Altersunterschied. Ein junges Verhältnis ist mitunter in einer ähnlichen Lage wie ganz junge Bäume, deren Triebe, Knospen und Rinde zunächst vor Verbiss und Schälung durch Hirsche und Rehe geschützt werden müssen. Obwohl weltanschaulichen Themen durchaus zugänglich war Hanna in ihrem inneren Wesen Pragmatikerin. Wie sich zeigte, war dieser Zug von ihr ein sinnvoller und nützlicher Ausgleich zu seinem eigenen, oft zu sehr Theoretischem zugewandten Naturell.

- Einmal, als Hanna nach einigen Wochen mal wieder nach Lux zurückkehrte und sie bei ihm zu Hause weilten, schaute sie auf ein Photo, das er beim Aufräumen zufällig vergessen hatte. Das Photo zeigte einen etwa fünfjährigen Jungen mit einem lieben Gesicht, lächelnd, mit leuchtenden Augen, begeistertem Ausdruck, vor einem weihnachtlich-winterlich hell erstrahlenden Schaufenster, in dem in einer Landschaft eine erkennbar flitzende Dampflokomotive drei Waggons hinter sich herzog. «Bist du das?», erkundigte sich Hanna. «Ja», antwortete er. «Seltsam», sagte Hanna, «in meiner Kindheit gab es nur noch Autos in den Schaufenstern». «Im Fachhandel für Modelleisenbahnen sieht man solche Auslagen heute noch.» «Ja», erwiderte Hanna.

- Irgendwann wollte Hanna Alex ihren Eltern vorstellen. Die Altersdifferenz rief verständlicherweise Bedenken bei ihnen hervor, aber insgesamt wurde er trotzdem gut aufgenommen. Was seine eigene Mutter anging, so war sie bereits verstorben und sein Vater verbrachte seine Pension weit weg von Lux in Florida.

Die Folgen eines Erfolges

«Wenn sich die materielle Basis einer Gesellschaft ändert, wenn das, was eine Gesellschaft an Rohstoffen, Materialien und Techniken und Technik zur Verfügung hat, sich ändert, ändert sich auch der Alltag, ändert sich auch das Leben der Menschen. Die Verbesserung der Dampfmaschine durch James Watt hat zum Beispiel das Industriezeitalter eingeleitet, Manufakturen wurden zu modernen Fabriken, Produktion und Vertrieb des Produzierten wurden jetzt von Maschinen angetrieben.»‚sagte Robert gerade. «Sicher», bestätigte Alex. Er hatte schon im Ausland mit Robert an einem Institut zusammengearbeitet. Sie hatten sich schon des Öfteren über die Folgen einer eventuellen Verlängerung der menschlichen Lebensspanne unterhalten. Dabei diskutierten sie in Anbetracht des derzeit in der Altersforschung erst Erreichten keineswegs Szenarien, in denen die Menschen 1000 Jahre alt werden und eine Überbevölkerung droht, wenn man nicht auf andere Planeten auswandern kann oder die Menschen eben nur dann Kinder haben dürften, wenn ein Mitglied der Familie wegfällt durch Unfall, Gewalt usw . Vielmehr drehten sich ihre Gespräche um die Frage, welche Auswirkungen es wohl haben würde, wenn die Menschen im Schnitt zwanzig gute Jahre hinzugewinnen würden. Wer gute Altersbezüge bekommt, der braucht ab dem Zeitpunkt, wo diese ausbezahlt werden dürfen, nicht mehr Aktivitäten nachzugehen, die ohne besondere Freude für ihn nur dem reinen Broterwerb dienen. Aber das Zeitfenster für viele Vorhaben fängt an zuzugehen: Das Risiko erhöht sich ab jetzt ständig und erheblich, dass Vorhaben und Aufgaben, die von jüngeren Menschen normalerweise zu Ende gebracht werden können, von zum Beispiel Amtsperioden bis hin zum Großziehen von Kindern, nun nicht mehr zu Ende gebracht werden können, weil plötzlich oder nach und nach die gesundheitlichen Voraussetzungen oder einfach die erforderlichen geistigen oder körperlichen Kräfte dafür nicht mehr zur Verfügung stehen. Diese Grenze galt es zu verschieben. Wie also würde das Leben der Menschen aussehen, wenn sie diese Grenze im Schnitt erst zwanzig Jahre später erreichen könnten?

Man war sich einig, dass die allermeisten früher oder später von solchen Techniken für den längeren Erhalt der Leistungsfähigkeit oder gar der Lebensverlängerung würden profitieren wollen, wenn ihnen der Zugang dazu ermöglicht würde. Diese Techniken würden den Menschen erlauben über einige Jahrzehnte Lebenserfahrung zu sammeln, ohne dabei unausweichlich und gleichzeitig auch mit einer massiven Alterung zu bezahlen. Die Leute würden wohl länger im Erwerbsleben bleiben, mehr Fortbildung wäre angesagt, man bräuchte mehr Wohnraum, Immobilienkredite würden eher auf eine längere Laufzeit gewährt werden, die Leute würden später erben, es gäbe länger Zeitzeugen für die unmittelbare oder nähere historische Vergangenheit, manche Regierungen würden gewissen Arten von Straftätern die daseinsverlängernden Maßnahmen vielleicht verweigern, manche (Ehe) Paare würden es vielleicht gar nicht so lange miteinander aushalten, Menschen könnten den von ihnen über einen langen Zeitraum angesammelten Schatz von Erfahrungen in der Gesellschaft länger wirken und sich entfalten lassen.

«Wie aber würde die Dynamik einer Gesellschaft aussehen, in der der Anteil der Älteren an der Gesamtbevölkerung nach und nach sehr hoch werden würde? Würde nicht das Festhalten an Althergebrachtem zu Lasten der Aufgeschlossenheit gegenüber Neuem und damit auf Kosten der Zukunftsfähigkeit und Zukunftsorientiertheit der Gesellschaft gehen? Das ist eine Frage, die ich mir schon stelle.», fuhr Robert fort. «Eine überalterte Gesellschaft haben wir schon. Die geringen Geburtenraten – die Menschen müssen die modernen Verhütungsmittel wie die Pille nicht einsetzen , sie tun dies de facto aber um Zeit und Geld für eine gehobene Lebensführung zu haben – und die dank eines hohen Lebensstandards und medizinischer Fortschritte gestiegene Lebenserwartung hat in den modernen Industriestaaten den Anteil der älteren Menschen an der Gesamtbevölkerung stark ansteigen lassen», erwiderte Alex und fuhr fort, «einen Unterschied in unserem Zukunftsszenario sehe ich allerdings, nämlich dass es nicht aus dem aktiven Leben Ausgeschiedene, also Pensionierte und Rentner, sind, die den Löwenanteil der Älteren ausmachen, sondern zu einem großen Teil werden es noch aktive Menschen sein. Es sind die aktiven Erwerbstätigen, die in der gesetzlichen Alterssicherung durch monatliche Beiträge oder Steuern die Renten und Pensionen der Ruheständler finanzieren. Dass die einzelnen Erwerbstätigen ihre Rente jeweils ansparen, das hat man aufgegeben. Wer weiß, wo dieses Ersparte in dreißig vierzig Jahren ist, Kriege, Wirtschaftskatastrophen, Fehlinvestitionen der Gelder können es zunichte gemacht haben. Die junge Generation aber ist immer da, wenn sie nicht gerade verstärkt auswandert oder durch Kriege dezimiert wird, so dachte man. Nun ist es in den meisten modernen Industriestaaten aber so gekommen, dass aufgrund der Überalterung der Bevölkerung immer weniger junge Menschen für immer mehr ältere Menschen sorgen müssen, was die Sozialsysteme erheblich unter Druck setzt. Man kann jetzt entweder die Beiträge erhöhen, das dürfte die Jungen aber nicht freuen, oder die Menschen länger arbeiten lassen oder die Leistungen kürzen. Ich denke, wenn die Menschen merken, dass sie tatsächlich mehr gute Lebensjahre vor sich haben, werden sie auch bereit sein, länger zu arbeiten. Das würde der Alterssicherung eine gehörige Atempause verschaffen und einen Konflikt zwischen Jung und Alt entschärfen.

Vielleicht würden die Menschen in einem esten Teil ihrer aktiven Jahre Wehrdienst leisten, Immobilienkredite abzahlen Rentenansprüche erwerben, Kinder großziehen usw . und in einem zweiten Teil noch einmal was Neues beginnen, sich mehr ihren Hobbys widmen , erst jetzt Kinder haben, wenn sie bereits mehr Voraussetzungen und finanzielle Mittel dafür haben. Kurzum die Menschen würden sich vielleicht in der ersten Hälfte ihres Erwerbslebens auf die Ableistung von Pflichten und das Beschaffen des Notwendigen konzentrieren und im zweiten Teil die gewonnenen Freiräume nutzen für die Erfüllung ihrer Träume.»

Eine Besorgnis erregende Botschaft

«Sie kennen diesen Herrn», begann der Kommissar vor ihm das Gespräch. Es war ein anderer Kriminalbeamter als derjenige, der bisher die Ermittlungen zu dem gewalttätigen Einbruch am Institut geleitet hatte. «Ja sicher», entgegnete Alex nach einem kurzen Blick auf das Photo, das sein Gegenüber ihm über den Bürotisch hinweg zeigte, «er hat bei uns gearbeitet». «Warum hat er seine Arbeit bei ihnen aufgegeben?» John, Gelder mit Familiennamen, war ein unverheirateter, großer, kräftiger, sehr gut aussehender Mann, ein Frauentyp. Ohne größere Schulbildung oder gar wissenschaftliche Ausbildung hatte er am Institut einfache Besorgungen verrichtet. Er brauchte viel mehr Geld als er an ihrem Institut in seinem Tätigkeitsfeld verdienen konnte und sein Problem schien überhaupt zu sein, dass er die Erwartungen an einen gehobenen Lebensstandard, die seine Erscheinung bei manchen Damen weckte, nicht erfüllen konnte. Zudem war ihm das Glück, dass eine schöne

Reiche ihm ihre Gunst schenkte, bisher nicht zuteil geworden – anfällig für Damen mit überdurchschnittlichem Einkommen oder Vermögen schien er schon zu sein. So war es nicht verwunderlich, dass er sich wohl nach einer anderen Stelle, die etwas mehr abwarf , umgesehen hatte. Wenn Alex an ihn dachte, kam ihm oft eine Äußerung von Gelder in den Sinn: «Sie glauben doch wohl nicht etwa, dass der mit ehrlicher lohnabhängiger Arbeit vom Tellerwäscher zum Millionär wurde.» Nun mit Tellerwaschen wohl nicht, aber mit einem Griff in die Kasse? War das etwa eine lobenswerte Einstellung? Sicher nicht. Von all dem erzählte Alex dem Polizeibeamten natürlich nichts, denn er wollte niemanden in ein schlechtes Licht rücken und so antwortete er auf die Frage, warum Gelder seine Stelle am Institut aufgegeben habe: «Da müssen sie den Herrn selber fragen. - Gibt es etwa eine neue Spur zum Einbruch an unserem Institut? Auch ehemalige Angestellte und Mitarbeiter sind doch, soweit ich informiert bin , überprüft worden.» «Die Kommission, der ich angehöre ermittelt gar nicht in Sachen Einbrüche, wir ermitteln in Terrorangelegenheiten. Herr John Gelder ist vor einer Woche verhaftet worden. In wenigen Tagen wird das wohl auch in den Medien bekannt gegeben werden. Wir haben solide Erkenntnisse und Hinweise, die ihn dringend verdächtig sein lassen, einer terroristischen Organisation anzugehören. Auch Geldquellen für diese Vereinigung zu erschließen, scheint zu seinen Aufgaben zu gehören. Was mich zu Ihnen führt, ist eine Zeile aus einem Brief, den wir bei der Durchsuchung seiner Wohnung gefunden haben. Er ist nicht datiert und sein Umschlag nicht mehr vorhanden. Da heißt es: "Wann und wo kann der Prachtgrundkärpfling geliefert werden?" Terroristen wissen natürlich sehr wohl, dass elektronische Kommunikation via z. Bsp. SMS oder E-Mail leicht auf Verdächtiges hin zu überwachen ist. Daher bevorzugen sie oft einfache Briefkommunikation zwischen unauffälligen, harmlos erscheinenden Absendern und Empfängern mit verschlüsselt formulierten Botschaften. Prachtgrundkärpflinge, wie wir herausgefunden haben, sind Fische, Wirbeltiere, die es wegen ihrer kurzen Lebenszeit vor allem an Forschungseinrichtungen zu Alterungsprozessen gibt, wie zum Beispiel bei ihnen. Können Sie daher mit dieser Äußerung etwas anfangen. Wurden zum Beispiel in dem Zeitraum, in dem Gelder bei ihnen tätig war, solche Fische an sie geliefert oder von ihnen vielleicht an ein anderes Labor verkauft?» «In dem Zeitraum, in dem er bei uns war, haben wir nur mit Nachkommen unserer eigenen Population geforscht.» « 'Prachtgrundkärpfling' kann natürlich auch ein Codename sein, ein Codename für etwas ganz anderes als ein Fisch, da gibt es nichts, woran sie denken?», hakte der Beamte nach. – «Nein», erwiderte Alex nach einer Weile. «Könnte er irgendein Wissen, das sich draußen in der Welt von Forschung oder Entwicklung oder in der Industrie zu Geld machen lässt, hier kopiert haben?» «Nun damals war der Umgang untereinander und mit allem, was Forschungsarbeit betraf, noch viel sorgloser als jetzt. Es kann schon sein, dass er Dinge mitbekommen, mitgehört hat, die man heute nur mehr wenigen Leuten am Institut anvertrauen würde. Nicht wenige Daten ließen sich damals noch leicht auf zum Beispiel einen Stick kopieren. Allerdings waren auch damals schon alle hier Arbeitenden und Tätigen per Vertrag zur Verschwiegenheit verpflichtet, das auch für den Fall, wenn sie das Institut einmal verlassen würden.» «Ich werde noch einige Leute aus ihrem Institut befragen, vielleicht hat einer eine Idee dazu, was mit dem 'Prachtgrundkärpfling` gemeint sein könnte», äußerte der Kommissar.– «Ja, vielleicht», sagte Alex.

Philosophische Anthropologie, Metaphysik und der Urgrund von allem

Lebten wir auch ewig,

Ginge es uns noch so gut,

Nicht ruhen würden wir,

Bis wir zurückgefunden hätten

Zu unserem Ursprung.

«Wer oder was sind wir eigentlich?», philosophierte Pascal in der Kaffeepause am Nachmittag. «Jemand hat die Antwort mal so formuliert: Wenn jener Klumpen Materie, den wir den Planeten Erde nennen, lange genug um die Sonne dreht, dann fängt er an zu schimmeln und dieser Schimmel, das sind wir», entgegnete ihm Jacques und löste Heiterkeit aus in der kleinen Runde, die sich zu einer Erfrischung eingefunden hatte. «Na ja, immerhin sind wir die einzige

Spezies, die einzige Schimmelart, wie du es formuliert
hast, die bisher die Mittel zu ersinnen vermochte, diesen Planeten zu verlassen», wertete Julia eine Art der
Erdbewohner auf. «Im Verlauf der Erdgeschichte hat
es mehrere Massensterben gegeben, bei denen auch
viele Spezies ausgelöscht wurden. Vielleicht werden
einige von uns eines Tages im Falle einer globalen,
von uns nicht beherrschbaren Naturkatastrophe –
extremer Vulkanismus, ein Wanderplanet auf Kollisi-
onskurs mit der Erde oder was weiß ich – sich sogar
auf einen anderen Himmelskörper retten können
und dort eine neue Heimat finden.»
Dann griff Robert das Thema auf: «Gerade in einer
Zeit, in der wir das Genom verändern können, ist die
Frage, was uns als Mensch wesentlich ausmacht, noch
bedeutsamer geworden. Wer den Menschen religiös,
zum Beispiel als Ebenbild Gottes, einordnet, wird den
Spielraum für genetische Manipulationen wohl anders ziehen als jemand, der im Menschen nicht mehr
als eine biologische Maschinerie sieht. Aber rein naturwissenschaftlich betrachtet sind wir nichts weiter
als die paar chemischen Reaktionen, bioelektrischen

und sonstigen biophysikalischen Vorgänge im Gehirn. Allerdings die Natur hat im Laufe der Jahrmilliarden ihres Bestehens aus wenigen Grundkräften und Zutaten immer komplexere chemische Elemente und Gebilde hervorgebracht und das komplexeste dieser Gebilde ist unser Gehirn und das sind wir – wie gesagt naturwissenschaftlich besehen.» «Wechseln wir doch mal die Betrachtungsweise», schlug Nathalie vor und rührte dabei ihren Kaffee um, in den sie gerade den halben Inhalt eines Tütchens Zucker getan hatte, «wir sind wohl sicher, wie Descartes formulierte - oder geht die Formulierung nicht eigentlich auf den spanischen Philosophen Gómez Pereira aus dem 16. Jahrhundert zurück - , wir sind wohl sicher ´ein Etwas, ein Ding, das denkt `, aber unsere Bewusstseinsinhalte sind vielleicht allesamt nur geträumt.»   «Da fällt mir in losem Zusammenhang mit dem, was du sagst, das Bild eines konservierten Gehirns ein, das in einer virtuellen Welt agiert, die ihm ein Computer, mit dem es verbunden ist, vorgaukelt », graulte sich Pascal.

«Ist nicht ein Teil dessen, was uns ausmacht, auch, dass wir in der Lage sind über die Möglichkeit nachzudenken, ob es für uns eine Existenz, ein Leben nach dem Tode gibt?», warf Julia in das Gespräch und fügte an: «Viele glauben sogar fest an eine solche jenseitige Existenz und viele hoffen zumindest darauf.» «Ich denke», schaltete Alex sich jetzt hinzu, «dass wir vor allem diejenigen sind, die solche Fragen stellen und uns dabei in der frustrierenden Situation befinden, dass wir darauf keine abschließende und zugleich wissenschaftlich völlig gesicherte Antwort geben können, weil wir selber Teil des Systems, Teil der Welt sind, einer Welt, die wir nicht geschaffen haben, die wir nicht vollkommen überblicken und schon gar nicht kontrollieren und steuern. Und auch wenn wir ewig leben würden, auch wenn es uns dabei noch so gut gehen würde, bliebe in unserem Dasein nicht immer ein Moment des Unbefriedigtseins, solange wir keine Klarheit über unseren Ursprung haben, solange wir nicht wissen, warum es uns überhaupt gibt. Unsere heutige Naturwissenschaft verfolgt die Entwicklung der Dinge zurück bis zu einem Urknall, aber was steht hinter dem Urknall? Sind wir in unserem Leben

nicht auch immer unterwegs zu unserem Ursprung?»
«Was versetzt uns denn in die Lage, solche Fragen zu
stellen?», schob Achim, in die Diskussion. Achim
schickte sich mittlerweile an, ein Studium der Biologie
zu beginnen und jobte vorher noch einmal am Institut.

Die Sonne ergoss jetzt plötzlich ihre ganze Kraft in
den Raum, als wolle sie dabei helfen, Klarheit in diesen grundlegenden Dingen zu gewinnen.

«Der Mensch ist», ging Alex bereitwillig auf die Frage
ein, «erkenntnismäßig ein Wesen des Hinausgehens
über, des Überstiegs, der Transzendenz, das heißt er
ist geistig je schon über alles So-Sein und Dass-Sein
hinaus und vermag daher auch zu fragen 'Warum ist
etwas so wie es ist, warum ist alles so wie es ist und
warum gibt es überhaupt irgend etwas und nicht vielmehr Nichts?' Das gilt auch in Bezug auf sich selbst:
Menschliches Bewusstsein ist wesentlich Bewusstsein
von Bewusstsein – ich vermerke dabei ausdrücklich,
dass ich damit keine Aussage darüber mache, welche
anderen Lebewesen oder Wesen auch noch so funk-
tionieren oder nicht -, das heißt, der Mensch kann je-

den seiner Bewusstseinsinhalte selber wieder thematisieren, in seiner Vorstellungskraft nach allen Seiten drehen, wenden und untersuchen, er wurde daher von einigen Philosophen auch als das ex-zentrische Wesen bezeichnet, im Sinne von als das Wesen das stets außerhalb seines Zentrums steht.» «Und», hakte Achim ein und wollte vollends den Dingen auf den Grund gehen, «warum gibt es denn nun überhaupt etwas?» «Wenn ich einmal von dem alten Prinzip 'Ex nihilo nihil fit' 'Von Nichts kommt nichts' ausgehe und mit 'Nichts' meine ich hier wirklich 'Rein- gar- nichts', dann muss es etwas aus sich selbst heraus Seiendes geben, denn niemand erzählt mir, dass aus rein gar nichts irgend etwas herrühren oder entstehen kann und es gibt ja schließlich etwas. Natürlich meine ich mit Nichts hier auch nicht das Nichts der Physiker, also etwa leeren Raum, der näher besehen mit Energie aufgefüllt ist, oder ein wie immer gearteter Ausgleich oder Beinaheausgleich konträrer Zustände, Kräfte oder Ereignisse, die sich gegenseitig aufheben oder fast aufheben, oder gar jene Singularität, aus der bei einem Urknall Materie , Raum und Zeit entstanden sein könnten. Auch wenn wir das

Seiende in ein erschaffenes und ein aus sich selbst heraus Seiendes unterteilen, so ist das geschaffene Seiende, also die von Gott aus dem Nichts erschaffene Welt, doch nicht ohne das Zutun eines aus sich selbst heraus Seienden, also hier Gott, entstanden und Gott ist ja sicher nicht einfach rein gar nichts. Wenn ich andererseits von dem Prinzip 'Rien ne se crée, rien ne se perd' ausgehe und dieses Prinzip von Lavoisier mal über die Massenerhaltung bei chemischen Reaktionen hinaus ganz allgemein gelten lasse, dann kann ein aus sich selbst heraus Seiendes auch nicht zu Nichts werden. Für mich ist die Frage daher die, ob es notwendigerweise ein aus sich selbst heraus Seiendes gibt. Wenn nicht, dann stimmt es, was mal ein Schriftsteller gesagt hat, er sagte: 'The truest reason of anything 's being is, is that it is.` In dem Fall wäre die Existenz der Welt und/oder des aus sich selbst heraus Seienden so etwas wie ein metaphysischer Zufall.» «Also», fasste Nathalie mit einem verschmitzten Lächeln zusammen, «Etwas kann nicht aus Rein- gar- nichts entstehen und Etwas kann nicht zu Rein- gar- nichts werden, die Frage ist also nur, ob es die Welt notwendigerweise oder nur dank eines unergründbaren metaphysischen Zufalls gibt.» «Dies aus sich heraus Seiende müsste also genauso zwingend existieren, wie etwa ein Kreis nicht quadratisch sein kann bemerkte Robert. «Ja, wohl so zwingend», überlegte Alex. «Hat es nicht Philosophen gegeben, die sagten, die Perfektion Gottes beinhalte auch seine Existenz, zur Perfektion gehöre auch die Existenz, ein perfektes Wesen müsse auch existieren, ansonsten es nicht perfekt wäre», erkundigte sich Julia, eine junge Studentin. «Ja», bestätigte Alex, «doch auch, wenn man die Existenz in den Begriff der Perfektion mitaufnimmt, hat man doch von dieser Art der Perfektion noch immer keine nähere Vorstellung.» Nach einem kurzen Moment des Schweigens am Tisch sagte Robert: «Na ja, war es nicht Nicolai Hartmann oder ein anderer Philosoph, der mal sagte, dass unser Verständnis der Welt als Ganzes höchstens tangentieller Natur sei, dass wir davon soviel verstehen, wie Hunde und Katzen von unserem Leben. Wir sind, so denke ich, jedenfalls Teil eines Ganzen. Ein umfassendes Verständnis eines Teils kann man aber nur erreichen, wenn man ein umfassendes

Verständnis des Ganzen hat. Wie aber sollten wir mit unseren begrenzten Möglichkeiten jemals zu einem umfassenden Verständnis des Ganzen, gelangen?» «Können wir diesen Geheimnissen überhaupt näher kommen, als in Momenten einer Art mystischen inneren Begegnung mit dem für den Menschen Unergründbaren?», vermerkte Julia. «Immerhin»,verlautete Pascal, «hat es schon sehr lange gedauert, bis wir allem Anschein zum Trotz gemerkt und verstanden haben, dass wir räumlich gesehen nicht im Mittelpunkt der Welt stehen, dass nicht die Gestirne um die Erde kreisen, sondern die Erde zusammen mit anderen Planeten um die Sonne, das Sonnensystem um das Zentrum unserer Milchstraße und diese wiederum nur eine von unzählig vielen Galaxien ist. Aber unsere ganze Tradition suggeriert uns auch heute noch, das Universum sei unseretwillen erschaffen worden und würde seinen Sinn verlieren, wenn es uns nicht mehr gäbe. Glauben viele sich daher nicht von einer Art kosmischer Überlebensgarantie geschützt, wo doch der Blick in die Evolutionsgeschichte zur Vorsicht mahnt: Sind wir am Ende lediglich ein Stück

Natur, vergänglich wie alle anderen? Auch aus diesem Grund sollten wir mit unseren Ressourcen und Lebensgrundlagen sehr sorgsam umgehen und eben auch keine Atomkriege führen. Vielleicht wird gar eines Tages ein Mitarbeiter einer Space – Mining Firma einen in die Nähe der Erde geschleppten rohstoffreichen großen Asteroiden sabotieren und in Richtung Erde leiten. Technisch-wissenschaftliche Zivilisationen haben auf jeden Fall auch ein hohes Selbstzerstörungspotential. Wie lange überleben sie überhaupt, bis sie sich eventuell selbst zerstören? Vergleichspunkte mit uns haben wir bisher noch keine. Was sind wir? », fuhr Pascal fort, « wir sind unsere Art zu überleben. Ich meine damit Folgendes: Alles Leben ist im Prinzip auf Weiterleben ausgerichtet, `will' weiterleben . Überhaupt ist Leben die Negation, die Verneinung jeder Unfreiheit, jeder zwanghaften Begrenzung und Einengung. Wenn wir schon nicht unsterblich sind, so wollen wir es wenigstens in gewissem Sinne über Nachkommen werden. Uns hilft bei dem Kampf um den Erhalt und die Weitergabe des Lebens in besonderem Maße ein Organ, das Informationen aus der Umwelt verarbeitet, unser Gehirn . Mit Hilfe mathematischer Krücken können wir sogar noch ein Stück weit mehr über die Welt erfahren, als es für den unmittelbaren Lebenserhalt erforderlich ist. Und, unser Gehirn ist immerhin so leistungsfähig, dass wir, gefangen in einem Käfig aus Raum und Zeit, merken, dass es jenseits dessen, was wir überhaupt erkennen können, noch etwas zu erkennen gäbe.» «Vertrat nicht Aristarch von Samos im 3. Jahrhundert vor Christus schon einmal die Idee eines heliozentrischen Weltbildes?», bemerkte Nathalie. «Doch», antwortete Pascal, «in seinem einzigen noch erhaltenen Werk vertrat er zunächst noch eine geozentrische Weltsicht, aber aus Zitaten späterer antiker Gelehrter aus seinem Werk, von Archimedes zum Beispiel, wissen wir, dass er später die Sonne im Mittelpunkt einer Welt sieht, in der die Erde um die Sonne kreist und die Sonne sich im Zentrum einer Sphäre von Fixsternen befindet. Die Idee stieß schon damals auf Empörung und nur wenig Anerkennung. Erst Kopernikus hat sie zirka 1800 Jahre später wieder wissenschaftlich vertreten, wobei unwahrscheinlich ist, dass Kopernikus die Lehre von Aristarch kannte. –

Hätte der Mond stets eine Atmosphäre wie die Erde, dann würde sein Antlitz sich wegen des Wetters ständig verändern und die Gestirne wären unseren Vorfahren vielleicht weniger entrückt und göttlich vorgekommen, oder aber die Menschen hätten Wohlwollen, Zorn oder gar die Zukunft aus dem Auge eines Gottes am Himmel herausgelesen, hätten danach ihre Entscheidungen getroffen und die Geschichte wäre vielleicht anders verlaufen.» «Wenn wir bedenken,» sinnierte Alex, «dass das Leben auf der Erde etwa 2 Milliarden Jahre oder mehr, vielleicht noch viel mehr, brauchte, um intelligentes Leben und im Gefolge davon, wenn auch vielleicht nicht im zwangsläufigen Gefolge davon, eine technische Zivilisation hervorzubringen und dass die Evolution hierhin mehrmals durch seltene Ereignisse, zum Beispiel durch größere Meteoriteneinschläge, angestoßen werden musste, dann ist klar, dass wir keinerlei aktuelle Kenntnis von dem haben, was auf Planeten aus Sonnensystemen, deren Licht Hunderte Millionen oder gar einige Milliarden Jahre braucht, um zu uns zu gelangen, gerade stattfindet. Würden deren eventuelle Bewohner auf irgend eine Weise eine Abkürzung zu uns durch den

Raum kennen oder wären sie unauffällig lange genug zu uns unterwegs, sie würden vor uns auftauchen wie aus dem Nichts.» «A propos `Gott hat die Welt aus dem Nichts erschaffen´», räsonnierte Pascal, «Gott als unverursachter Verursacher konnte also die Welt, also das geschaffene Seiende, aus dem Nichts erschaffen und er hat diese Handlung, jedenfalls gemäß dem Glauben verschiedener Religionen nach, auch vollzogen. Das wäre also der kausale Teil der Erklärung für die Existenz der Welt. Er hat die Welt aber, auch aus welchen Gründen auch immer, erschaffen wollen, das wäre der teleologische Teil der Erklärung für die Existenz der Welt, also der Teil, der über die Erklärung mit Hilfe von Zielen und Zwecken geht.» «Ein Religionsgelehrter würde dir möglicherweise darauf antworten, dass es alles andere als sicher ist, dass die Anwendung solcher wissenschaftstheoretischen Überlegungen auf Gottes Wirken überhaupt Sinn macht», erwiderte Alex und ein leises Lächeln umspielte seinen Mund. «Es fehlt uns vielleicht überhaupt ein unmittelbarer Zugang, eine Art unmittelbares Begreifen , um bestimmte grundlegende Dinge zu verstehen. Die Wege des Verstandes führen uns hier

möglicherweise nur bis an einen bestimmten Punkt.»
– –

«Hat nicht der hartgesottenste Naturwissenschaftler in seinem tiefsten Innern die Neigung zu glauben, dass die Welt nicht nur aus dem Wirken kalter, blinder Naturgesetze besteht, sondern auf irgend eine Zweckhaftigkeit ausgerichtet ist?», warf Julia in das Gespräch. «Die vielen Milliarden Galaxien, Sterne und Planeten erinnern mich an ein Gedicht von Hugo von Hofmannsthal», verriet Nathalie über sich, «an das Gedicht ` Ballade des äußeren Lebens´. Dort heißt es an einer Stelle:

’Und Straßen laufen durch das Gras, und Orte

sind da und dort, voll Fackeln ,Bäumen, Teichen

und drohende und totenhaft verdorrte [...]

Wozu sind diese aufgebaut? Und gleichen

einander nie? Und sind unzählig viele?’

Was ist der Sinn dieser vielen Welten? Sind sie gar etwas wie die vielen Zellen in einem Organismus? –

Aber sicher ist, je mehr es von einem gibt, umso mehr kann es seine Vielfalt und Variation zeigen, so wie die Milliarden Gesichter von Menschen, von denen jedes einzigartig ist.>>

«Die Frage ist natürlich auch immer die, wie die Wirklichkeit funktioniert», vermerkte Alex, «die mythologische Antwort auf diese Frage: nach den Launen der Götter. Die Antwort moderner Naturwissenschaft: Die Wirklichkeit funktioniert nach Naturgesetzen, was natürlich nicht verhindert, dass eine eventuelle höhere Macht die Gesetze und Anfangsbedingungen so gewählt haben kann, dass gewisse Dinge passieren werden oder können und andere Dinge nicht passieren werden oder können. In der Antike finden wir den Typus des modernen Wissenschaftlers nur selten. Archimedes war einer: Wenn er sagt, dass im Wasser ein Körper um die verdrängte Wassermenge leichter wird, dann ist das modern, denn was eine moderne wissenschaftliche Erklärung leisten muss, das ist ein quantitatives Verständnis von Phänomenen. Andere modern anmutende Gedankengebäude aus der Antike zur Erklärung der Welt wirken zwar sehr modern, wie etwa Demokrits Lehre, dass alles aus unteilbaren

Teilen, den Atomen, besteht. Überprüft mit der Berechnung von Stoffmengen und Dichteverhältnissen, mit Experimenten wurden sie allerdings nie. Die Überlegenheit einer modernen wissenschaftlichen Erklärung gegenüber einer mythologischen besteht natürlich darin, dass man in ihr aus Naturgesetzen und Anfangsbedingungen, also den konkreten Werten für die Variabeln der in Formeln gegossenen Gesetze, logisch Voraussagen ableiten kann, deren Eintreffen sich überprüfen lässt. Wann Zeus wieder mal schlechte Laune haben wird, ist schwer voraussehbar, fasse ich das Gewitter aber als Entladung elektrischer Spannung auf, dann ist sein Eintreffen unter den richtigen Bedingungen sicher.» «Wie all dem auch immer sei, überhaupt fällt auf», hob Nathalie hervor, «wie einheitlich das Universum doch trotz seiner unendlichen und grandiosen Vielfalt aufgebaut ist. Ein Ofen, eine Sonne, die jeweils Licht und Wärme spendet, darum herum Kugeln aus Gas oder Stein, die Planeten und Monde, in deren Oberflächenbereich, sofern es Gesteinskugeln sind, sich eventuelle Bewohner des Universums aufhalten.» «Und doch», spottete Pascal «wie kann man im 21. Jahrhundert behaupten, man habe die Welt gesehen, wenn man auf dem Staubkorn, auf dem wir leben, ein bisschen herumgereist ist?» - Die gefühlte Zeit für eine Pause war jetzt vorüber.

«Ich weiß jedenfalls, was ich bin», behauptete Jacques und biss noch ein Stück von einem Pausenriegel herunter. «Was denn?», fragte Alex. «Ich bin ein junger Mann mit einem gelben Hemd», scherzte er und ließ die Süßigkeit in seinem Mund genüsslich zerschmelzen. «Der heute Nachmittag wieder versucht, ein paar Jahre mehr herauszuholen, um erfolglos über eine endgültige Antwort auf die Frage nach der Stellung des Menschen in der Welt nachzudenken», fügte Nathalie gut gelaunt hinzu .«Wieso versucht?», alberte Jacques und zeigte dabei mit einem nicht unbekannten Spruch auf sich,

«Alle sagten immer:

Das geht nicht.

Da kam einer,

der wusste das nicht

und hat es einfach gemacht.»

Alle lachten. Die Pappbecher flogen in den Abfall-korb und jeder kehrte wieder zu seinen Tätigkeiten zurück.

Die Verkehrskontrolle

«Kurz nachdem wir uns anschickten Son Servera
südöstlich Richtung Cala Millor zu verlassen, wurden
wir von der mallorkinischen Polizei angehalten: eine
Verkehrskontrolle. Der junge Polizist, der meinen
Führerschein und die Papiere des Leihwagens über-
prüfte – er sprach ein wenig Deutsch –, stutzte plötzlich, schaute mehrmals von meinem Führerschein zu
mir, sah verwundert, dann misstrauisch aus und ver-
langte schließlich meinen Personalausweis zu sehen.
Sein Unverständnis schien noch größer zu werden.
Dann drehte er ab, schritt, die beiden Dokumente in
Händen, zu einem älteren Polizeibeamten, offenbar
ein Vorgesetzter, der zwanzig Schritte entfernt, ver-
folgte, wie andere seiner Leute gerade zwei weitere
Wagen kontrollierten. Ich sah, wie der junge Mann
auf die Papiere deutete, während er mit seinem Kom-
mandeur sprach. «Was ist los?», fragte Hanna.
Ich zuckte mit den Schultern. Dann kamen die beiden
zu unserem Wagen. Mehrmals gingen ihre Blicke von

meinen Papieren zu mir und wieder zurück. «Kann ich auch mal Ihren Ausweis sehen?», sagte der Vorgesetzte zu Hanna. Hanna hatte nur ihren Führerschein dabei. Nach kurzem Betrachten gab er ihn ihr wieder zurück. «Steigen Sie beide aus und kommen Sie, bitte, mit!» «Ist etwas nicht in Ordnung », erkundigte sich Hanna auf Spanisch, während wir den Wagen verließen. «Sie sprechen Spanisch?» Hanna hatte am Gymnasium vier Jahre Spanischunterricht gehabt. «Ja, mein Freund aber nicht.» Von jetzt an lief das Gespräch über sie. Ich sah, wie der Polizeiführer auf meinen Ausweis deutete und – soviel verstand ich – eine Zahl nannte. Hanna lachte, antwortete etwas. Dann zeigte er ihr den Führerschein , sagte etwas. Da wurde Hanna ernst.

Wir mussten hier warten, uns zur Verfügung halten, während der Einsatzleiter sich mit meinen Papieren zu einem der Polizeiwagen begab, zu hantieren und zu telefonieren begann. Zwei Polizisten behielten uns im Auge .«Aus dem Geburtsdatum auf deinem Führerschein und deinem Ausweis geht hervor, dass du zweiundfünfzig Jahre alt sein müsstest», berichtete Hanna, selbst mit Schönheitsoperationen könne man, so die Polizei, in dem Alter nicht mehr so jung aussehen wie ich, neben verjüngten gäbe es immer alte Teile. «Du wirst mir einiges erklären müssen», stieß sie hervor. Man merkte ihr an, dass sie innerlich aufgewühlt war, von unterschiedlichen Gedanken, Fragen und Regungen hin- und her- gerissen. Die Luft war staubig, mein Mund trocken. Angst und Furcht, sie zu verlieren, krochen in mir hoch. «Mein biologisches Alter ist nicht zweiundfünfzig, aber es hat keinen Sinn, ihnen das hier erklären zu wollen, sie würden es sowieso nicht glauben, und außerdem ist die Situation so, dass ich gut daran tue, das im Augenblick nicht an die große Glocke zu hängen.» antwortete ich schließlich. Sie schwieg. Als der Kommandierende wieder einmal an uns vorbeikam, sprach Hanna noch einmal mit ihm. Augenblicke später übersetzte sie mir: «Aber gegen welches Gesetz hat mein Freund verstoßen? Es ist doch nicht verboten, jung auszusehen!» «Sie verstehen, Senora, dass wir in diesem Falle die Authentizität der Papiere überprüfen müssen.»

Hanna hatte verstanden, dass es zunächst darum ging, hier wegzukommen.

«Hast du denn bisher nie Probleme mit deinen Ausweispapieren bekommen?», wollte sie wissen. «Das Photo auf dem Führerschein ist noch das, als ich achtzehn war. Es ist Ewigkeiten her, dass ich meine Fahrerlaubnis habe vorzeigen müssen. Gereist bin ich in den letzten zwanzig Jahren nur innerhalb Mitteleuropas. Das hier ist in diesem Zeitraum meine erste Flugreise gewesen. Die beiden Leute, die uns bei Antritt der Reise am Flughafen kontrolliert haben, kennen mich , wie du mitbekommen hast. Bei der Verlängerung des Personalausweises in unserer Gemeinde vor acht Jahren wurde ich schon scherzhaft als ‚ewiger Jüngling‘ betitelt und die großen, sichtbaren Altersveränderungen treten- auch bei jemandem, der sich lange gut hält- zumeist zwischen vierzig und fünfzig auf. Im Übrigen bin ich stets kamerascheu gewesen, im Interesse meiner Privatsphäre und Bewegungsfreiheit darauf bedacht, dass es möglichst gar keine öffentlich zugänglichen Aufnahmen von mir gibt.»

Nach einer geschlagenen Stunde, reichte man mir meine Papiere zurück und wir durften weiterfahren. «Das Rezept könnten Sie mir auch mal verraten», sagte der Kommandierende mit einem angedeuteten Schmunzeln.»

«Und wie geht es jetzt mit euch beiden weiter?», fragte Robert, als Alex ihm alles erzählt hatte. Robert war der Einzige am Institut, mit dem Alex auch privatere Dinge beredete. Alex gönnte sich eine kurze Pause, bestellte noch zwei Espresso, um die kleine Stärkung abzurunden, die sie beide in der Mittagspause zu sich genommen hatten auf der Terrasse eines der Restaurants zu Füßen der kolossalen, urigen Hochöfen, die als Industriedenkmal inmitten des Campusses und ganz neuen Stadtteils mit Universität, Forschungsinstituten, Schulen, Wohnungen, Geschäften, Kinos, Rockhalle, Restaurants, Cafés, Fitnessstudios, Parks und Freizeitinfrastrukturen beeindruckten. Hier befand sich auch das Institut zur Erforschung des Alterns, wo sie beide arbeiteten. Ein kluger Mix von Arbeiten, Wohnen, Kultur, Freizeit und Tourismus hatte dazu geführt, dass das neue Viertel im Laufe der Zeit gut angenommen wurde und voller Leben war. Zusammen mit seinen imposanten Industriedenkmälern, die an die Glanzzeit der Stahlindustrie erinnerten, und einer neuen, modernen, zum Teil schönen großstädtischen Architektur vereinte es in sich Nostalgie und den Flair von Zukunftsorientiertheit und der Eroberung neuer Möglichkeiten.

«Wie hat sie reagiert?», wiederholte Robert seine Frage. «Ich bin ganz ehrlich zu ihr gewesen», antwortete Alex, «und habe die Dinge so dargelegt, wie sie sind. Ich habe ihr gesagt, dass meine jetzige körperliche Verfassung und mein jüngeres Aussehen nicht allein durch eine möglicherweise gute Veranlagung und eine gesunde Lebensweise, also ausreichend Bewegung und gute Ernährung, um die ich mich immer einigermaßen bemüht habe, erklärt werden können. Ausschlaggebend seien hier vielmehr biologische Techniken und Verfahren und Substanzen, die entweder das Altern verlangsamen oder einen verjüngenden Effekt haben und die ich unter Inkaufnahme aller Risiken in Selbstversuchen und Selbststudien angewandt habe. Das so Erreichte und bisher Erreichbare sei eine in Teilen verbesserte Grundverfassung des Körpers, jedoch keine komplette Rundumerneuerung. Und natürlich schließe diese verbesserte körperliche Verfassung Unfälle und Krankheiten, Kriegs- und Gewalteinwirkung nicht aus. So seien leider die beiden Arbeitskollegen, die mit mir den Weg der Selbstversuche angefangen hatten, schon verstorben, der eine durch Krankheit, der andere durch Unfall. Ich habe ihr gesagt, dass das Ganze Neuland ist und ein Unternehmen mit offenem Ausgang und dass ich Verständnis dafür hätte, wenn ihr dieser Weg zu risikobehaftet wäre. Wie wird sie sich entscheiden? Ich weiß es nicht. Gesagt zu diesem Thema hat sie bisher nichts.» -

«War es eigentlich moralisch vertretbar, ihr nichts zu sagen? Wie fühlst du dich jetzt?» «Ich fühle mich an einen Film erinnert, den ich vor langer Zeit einmal gesehen habe», antwortete Alex nachdenklich. «Die Geschichte darin ging in etwa so: Das Gehirn eines Professors in den Fünfzigern wird in den Körper eines zwanzigjährigen jungen Mannes transplantiert. Der junge Mann war nach einem Unfall hirntot gewesen, sein Körper aber so gut wie unversehrt. Ob der Professor ohne einen neuen Körper hätte überleben können, weiß ich nicht mehr, es ist zu lange her. Jedenfalls lernt der Professor schon bald eine schöne Zwanzigjährige kennen. Allerdings weiß und ahnt die nicht, mit wem sie zusammen ist. Auf die Frage hin nach der moralischen Vertretbarkeit dieser Art, eine Beziehung zu beginnen, antwortet der Professor seinem engsten Freund am Ende des Films : ' Über allem aber steht unser Recht auf Glück ' So oder so ähnlich war seine Antwort.» - -

- «Wie werden ihre Eltern reagieren, wenn sie erfahren, dass das bisher von ihnen geglaubte Alter von zweiunddreißig Jahren ihres mit hoffnungsvoller Freude erwarteten Schwiegersohnes nicht ganz der Wahrheit entspricht?» « Ich habe Hanna darum gebeten, auch im Interesse unserer Projekte am Institut, vorerst Stillschweigen zu bewahren. Sie muss das alles wohl ohnehin erst einmal verarbeiten.» -

«sempre, sempre

impossibile

finche

rinviene

realizzato» (dem Autor unbekannter Urheber)

Der Tod

«Ist der Tod für das Individuum der Übergang in das absolute Nichts? Das ist wohl eine der drängendsten Fragen, die sich Menschen stellen. Ist er das Ende allen Erlebens, allen Da-seins, tischt Gott oder wer oder was auch immer dann kein Sein mehr auf? Oder ist der Tod nur ein Durchgang zu einem anderen Leben, einer anderen Existenz oder einer anderen Art des Seins? Werden wir gar, wie es manche Religionen verheißen, nach dem Tod von Gott neu erschaffen, eventuell schöner und besser als vorher? Die Atome , aus denen wir bestehen, werden nach unserem Tod für Neues recycelt, für Neues wiederverwertet. Ist der Tod, ist unsere Herauslösung aus einem begrenzten Dasein gar eine Vorbedingung dafür, um zu unserem Ursprung zurückzukehren, zurückzukehren zum Ursprung aller Dinge, zu Demjenigen, das alle unsere Fragen beantwortet?

Das Individuum, das Ich erlebt sich trotz aller erfahrenen Wandlungen und Veränderungen im Laufe des Lebens als Einheit, als ein unteilbar Ganzes, als etwas über die Zeit hinweg Bleibendes, Beständiges, Unwandelbares. Dies ist so, nicht zuletzt wegen unseres Erinnerungsvermögens, auch wenn wir zwischen Wachsein, Traum und traumlosem Tiefschlaf hin- und herwechseln und unser Gehirn dabei jeweils unterschiedliche Aktivitätsmuster hat, auch wenn unsere Erinnerungen mit der Zeit verblassen, unpräzise, lückenhafter werden und manche vielleicht immer schwerer zugänglich werden, wie Bücher in einer Bibliothek, die nicht so oft genutzt werden und daher weiter weg vom Bibliothekszentrum stehen und man schon eine Weile gehen und suchen muss, um sie zu finden. Das Individuum begehrt in der Welt in einem positiven Sinne endgültig beheimatet zu sein, will nicht bloßes Mittel zum Zweck, bloß Steigbügelhalter für kommende Generationen gewesen sein oder lediglich evolutionsgeschichtlich als Wesen fungiert haben, durch das, salopp ausgedrückt, etwa Plastik in die Welt kam. Es begreift seinen Sinn vorerst in sich selbst. Das ist Teil seiner Würde als Person. Sind wir aber mehr als eine bloße Ansammlung physikalischer und chemischer Vorgänge? Wir sind es und zwar unabhängig davon, ob die materiellen Strukturen unseres Gehirns eine notwendige oder hinreichende Bedingung für Erleben und Bewusstsein sind. Wir sind mehr als das, weil wir de facto Gefühle, Gedanken und Erlebnisse haben, weil wir wissen, dass es uns gibt, auch wenn nicht völlig geklärt ist, wie all dies mit unserer materiellen Seite zusammenhängt, auch wenn wie wir unsere eigene Person erleben mit Integrationsleistungen unseres Gehirns zusammenhängt, wie etliche mögliche Störungen belegen (zum Beipiel als fremd empfundene eigene Gliedmaßen, die man los werden will, und andere Störungen und Pathologien mehr). Wenn allerdings die materiellen Vorgänge in unserem Gehirn eine hinreichende Bedingung für Erleben, Psyche, Bewusstsein sein sollten, dann müssten sie noch Aspekte haben, die wir bislang nicht kennen und die uns erst erlauben würden zu verstehen, wie Erleben und Bewusstsein entstehen.

Wie berechtigt ist die Hoffnung auf ein Weitersein nach dem Tod? Gläubige Menschen vertrauen fest darauf, denn glauben ist nicht, etwas einfach anzunehmen, was man nicht beweisen kann und es ist mehr als Hoffnung, es ist Vertrauen. Ein solches Vertrauen aber darf sich aber nicht zu blindem, gemeingefährlichem Fanatismus entwickeln. Vertrauen muss von innen kommen, kann nicht verordnet oder gar aufgezwungen werden. Zwang führt allenfalls zu unechten äußeren Bekenntnissen. Wir müssen lernen, mit Glaubensfragen intelligent, tolerant, gemeinverträglich umzugehen. Schon Naturgesetze lassen sich nie beweisen, nie verifizieren, nur falsifizieren, gelten nur so lange, wie sie mit unserer Erfahrung übereinstimmen. Denn sie enthalten eine Aussage über die Zukunft, nämlich dass die Dinge in der Zukunft sich so verhalten werden wie bisher, dass also zum Beispiel Zucker sich in Wasser löst, dass ein Körper seine jetzige Richtung und Geschwindigkeit so lange beibehält, bis eine weitere Kraft auf ihn einwirkt. Nichts aber garantiert, dass die Welt morgen noch so funktioniert wie heute und wir könnten uns auch in einem Bereich des Universums befinden, wo bestimmte Regelmäßigkeiten nur unter bestimmten Umständen gelten, so wie ein im hohen Norden im Winter geborenes Tier vielleicht zunächst davon ausgehen mag, dass die Welt immer mit Schnee bedeckt ist. Lassen sich schon Naturgesetze nicht beweisen, umso vorsichtiger müssen wir bei Aussagen über Bereiche sein, zu denen wir keinen oder einen noch schwierigeren Erfahrungszugang haben, wie zum Beispiel Aussagen über eine Existenz nach dem Tode oder Aussagen über zukünftige historische Entwicklungen. Dogmen sind von einer Glaubensgemeinschaft als unumstößlich wahr anerkannte Glaubenssätze, von ihnen kann sich, der Auffassung dieser Gläubigen zufolge, demnach nie herausstellen, dass sie falsch sind. Die dogmatische Handhabung von Positionen birgt immer eine hohe Gefahr. Wer sich im Besitz absoluter Wahrheiten wähnt, ist leicht verführt, fühlt sich oftmals schnell dazu berufen, diese anderen aufzuzwingen, denn sie wissen ja nicht, was gut ist, verhindern mit ihrer Haltung, diese Wahrheiten oder angeblichen Wahrheiten anzuerkennen, das allgemeine gesellschaftliche Glück oder etwa das Reich Gottes auf Erden. Wer den Lauf der Geschichte immer schon zu kennen glaubt, wird in entsprechenden Situationen vielleicht rufen: "Auf zum letzten Gefecht !" Aber Vorsichtige, weniger Überzeugte werden dem entgegenhalten, dass es vielleicht gar nicht das letzte Gefecht ist . - Worauf dürfen, können wir also hoffen?

Aus Sicht eines Gläubigen, der das Leben als moralische Bewährungsprobe für ein besseres Dasein im Jenseits ansieht, dürfen wir überhaupt keine absolute Gewissheit auf ein jenseitiges Leben haben. Wir würden uns dann verhalten wie Autofahrer, die genau wissen, dass jetzt ein Streckenabschnitt mit Radarfalle kommt und daher sich in aller Regel an die Geschwindigkeitsbegrenzung halten. Wer aber hält sich noch aus moralischem Anstand und Verantwortungsgefühl für eine sichere Fahrweise an die Begrenzung, wenn er sich unkontrolliert wähnt? Die Erfahrung lehrt: Nicht alle. Nur also, wenn es nicht hundertprozentig gewiss ist, dass wir für unser Tun Rechenschaft ablegen müssen, ist das Experiment echt, ist der Test echt.

Es mag manchen unwahrscheinlich erscheinen, dass so viele Menschen – Milliarden – ein zweites Sein im Jenseits haben sollten. Aber, wenn es eine diesseitige Welt mit so vielen Menschen gibt, warum sollte das dann nicht auch im Jenseits möglich sein? Der Blick in einen Himmel im Jenseits blieb, sollte es ihn denn geben, blieb uns bisher verwehrt. Wenn wir aber einmal durch unsere Weltraumteleskope in den Himmel über uns schauen, dann sehen wir dort Milliarden von Galaxien mit Milliarden von Sonnen, um die, insgesamt genommen, Milliarden von Planeten kreisen, darunter möglicherweise, ja vermutlich etliche Milliarden erdähnliche, bewohnbare. Wenn wir all die Milliarden Menschen, die jetzt leben oder bisher lebten, zahlenmäßig gleichmäßig auf diese habitablen Planeten verteilen würden, dann würden wir im Durchschnitt wahrscheinlich noch nicht einmal auf einen Menschen pro erdähnlichen Planeten kommen. Vielerlei wissenschaftliche und technologische Qualitätssprünge haben bewirkt, dass wir uns immer wieder an neue Maßstäbe der quantitativen Einschätzung des Möglichen und Machbaren gewöhnen mussten. Der mittelalterliche Mönch, der in einer Bibliothek in mühseliger Arbeit handschriftlich Bücher kopierte, hätte wohl kaum geglaubt, dass Menschen einmal per Knopfdruck in kürzester Zeit ganze Bibliotheken elektronisch kopieren könnten, die Menschen der Antike hätten wohl kaum geglaubt, dass wir eines Tages in der Lage sein würden, Nachrichten binnen Sekunden um den Planeten (die Welt) zu schicken, Militärs früherer Zeiten hätten eine Waffe wie die Atombombe wohl eher im Reich bloßer Phantasiegebilde angesiedelt. Überhaupt ist es eine nicht so seltene Erfahrung, dass gerade das Unwahrscheinliche eintritt oder der Fall ist.

Viele sagen, sie könnten sich an kein Dasein oder Leben vor ihrer Geburt erinnern und daher gebe es wohl auch kaum ein Leben nach dem Tod. Aber zum einen kann Bewusstsein durchaus zeitweise keinen Zugriff auf bestimmte Inhalte haben. Schon die Alltagserfahrung lehrt das: Ein Vorhaben, eine Absicht vergessen auszuführen, heißt nicht, dass man es, dass man sie nicht mehr hat. Oder zum Beispiel es gibt Ereignisse in unserer Kindheit und Jugend, an die wir nie mehr selber gedacht hätten, wenn uns nicht ein Jugendfreund noch davon erzählt hätte. Könnte unserem Bewusstsein also nicht der Zugriff auf Inhalte eines früheren Daseins sozusagen vorübergehend gesperrt sein? Nebenbei sei hier auch angemerkt, dass viele Religionen einen Anfang für das Individuum annehmen, dem Indviduum aber in der Folge eine ewige Existenz in Aussicht stellen.

Das führt uns zu einer anderen interessanten Fragestellung: Ist es vorstellbar, dass in einer durch Veränderung und Zeit gegliederten Welt etwas, eine Konstellation, ein Ereignis, das Leben einer Person usw., nur einmal stattfindet? – Es ist vorstellbar, im Falle wo ein Gott eine Welt aus dem Nichts schafft und ihr auch wieder ein Ende setzt und alles, was in dieser Welt stattfindet nur einmal stattfindet. Es ist auch denkbar in einer Welt, die aus sich heraus ist und in der unendlich viele verschiedene Ereignisse stattfinden, jedes nur einmal, wie vergleichsweise auch in der unendlichen Reihe der Zahlen von minus bis plus Unendlich jede nur einmal vorkommt. - Aber in einer Welt, die aus sich heraus ist, und in der nur eine begrenzte Zahl von Ereignissen stattfindet, diese Welt ist zyklisch aufgebaut, sie ist eine ewige Wiederkehr des immer Gleichen.

Il y a autant de réalité dans la cause que dans l'effet. In der Ursache ist genauso viel Wirklichkeit enthalten, wie in der Wirkung. Wenn wir von diesem Prinzip einmal ausgehen, müsste dann nicht in oder hinter einer Welt, die in moralischen Kategorien denkende Wesen wie uns, die Wesen mit Träumen, Sehnsüchten und Hoffnungen hervorbringt, auch eine höhere Macht sein, bei der all diese Werte beheimatet sind und die all unseren Hoffnungen und Sehnsüchten einen Sinn gibt? Hier würde dann aber auch ein altbekanntes Problem der Philosophie auftauchen, nämlich, wie es sein könnte, dass ein gütiger Gott nicht einschreitet, wenn anständige Menschen oder aber Tiere durch etwa Naturkatastrophen oder grausame Artgenossen gequält werden. Ein guter Mensch, wenn er denn entsprechende Machtfülle hätte, würde es wohl kaum übers Herz bringen, dem tatenlos zuzusehen. Oder ist die Welt als Ganzes ein Etwas, was mit vielen Anläufen und viel Zeit ab und zu einen Sechser im Lotto landet und einen habitablen Planeten und vernunftbegabte Wesen hervorbringt, ohne dass seine höhere Macht oder Intelligenz dafür sorgt, dass unsere Hoffnungen und unsere eventuelle Erwartung einer sinnvollen Welt nicht enttäuscht werden?

Junge Menschen, wenn sie gesund sind und keiner unmittelbaren konkreten tödlichen Bedrohung ausgesetzt sind, begegnen dem Tod vornehmlich als Trauer über den Verlust eines lieben Menschen, als Wut über die Ohnmacht, jemanden nicht haben vor dem Tod bewahren zu können, weniger als Auseinandersetzung mit dem eigenen Ende. Sie sind unternehmenslustig, ihre Aufmerksamkeit gilt vor allem den vielen schönen Momenten, die sie im Prinzip noch vor sich haben können. Das sieht bei alten Menschen anders aus. Manchmal sagen alte Menschen: «Die Zukunft ist schön, - wenn man jung ist.» Und das Bewusstsein um die schrumpfende eigene Lebenszeit lässt sie viele Entscheidungen anders treffen, von vielerlei möglichen Projekten und Vorhaben Abstand nehmen. Das lässt sich bis in den Alltag hinein verfolgen, alte Leute, die plötzlich keine Photos mehr machen, sich mit gewissen Themen weniger oder gar nicht mehr befassen, ja im Extremfall so etwas wie ziellos auf den Tod zu warten scheinen. - Wie Zukunft sinnvoll gestalten, wenn die zur Verfügung stehenden Zeiträume und Energien aller Voraussicht nach weit geringer sein werden als in vorangehenden Lebensabschnitten? Was macht noch Sinn? - -

Was kann die Erforschung des Alterns für den Einzelnen und die Gesellschaft leisten? Wenn für uns wirklich ein besseres Leben nach dem Tod möglich sein sollte, dann könnte es einen Außenstehenden zum Lachen reizen, wenn er sehen würde, wieviel Mühe wir uns geben, um unbedingt länger hier bleiben zu können. Der Sinn der Alternsforschung könnte dann allenfalls darin bestehen, dazu beizutragen, das Leben so lange wie möglich in guter Verfassung leben zu können. Wirklich schaden aber können einige Jahre mehr im Diesseits wohl nicht, wenn es denn gute Jahre sind. Was also kann die Alternsforschung leisten? Bisher ist es – auch ohne Verletzung oder Krankheit – so gewesen: Irgendwann ist der Körper aufgebraucht, ganz gleich, was jemand macht oder sein lässt. Der Körper nimmt nichts mehr an. Gesunde Hochbetagte, die immer weniger essen, illustrieren das sehr gut. Wie bei einer Aufzieh-Feder-Puppe, deren Aufzugsfeder verschleißt und dann gebrochen ist. Wird die Entwicklung in Zukunft dahin gehen, dass moderne Mittel und Methoden der Alternsforschung es ermöglichen, bestimmte Teile unseres Körpers sehr viel länger in guter Verfassung zu halten als bisher und ihre Lebensdauer zu verlängern? Da die Teile unseres Körpers sich gegenseitig beeinflussen und unsere Maschinerie vielerlei Rückkoppelungssysteme und Rückkoppelungsprozesse enthält, werden wir so vielleicht auch die heute gewohnte zeitliche Verschleißdauer von Organen und Geweben, die wir noch nicht direkt von außen manipulieren können, positiv beeinflussen und verbessern können. Wenn es uns beispielsweise möglich wäre, das Gefäßsystem zum Beispiel durch Verhinderung von Proteinverkettung oder Abräumen von extrazellulärem Müll länger besser in Schuss zu halten, würde sich die bessere Versorgung dann nicht auch positiv auf die Maschinerie insgesamt auswirken? – Endlos einen so komplexen Körper wie der des Menschen in guter Verfassung halten zu können, erscheint aus heutiger Sicht kaum realistisch. Und so bleibt den Menschen am Ende allen Forschens und Hinauszögerns vielleicht nichts anderes übrig, als sich in die Kreisläufe von Werden und Vergehen der Natur einzufügen. Aber selbst wenn wir es könnten, sebst wenn wir endlos in bester körperlicher Form blieben, würden wir damit nicht unserer grundsätzlichen existentiellen Abhängigkeit entrinnen: Nicht wir haben die Welt, sondern die Welt hat uns hervorgebracht, nicht wir haben die Naturgesetze, denen sich kein Mensch entziehen kann, festgelegt, und wir bestimmen schon gar nicht über eine eventuelle über das Universum hinausgehende Wirklichkeit. In grundlegender Weise wird der Lauf der Dinge von etwas bestimmt, was in jeder Hinsicht vor uns kommt. So bleibt uns letzlich nur Hoffnung, die Hoffnung, in einer für uns sinnvollen Welt beheimatet zu sein.»

Alex hörte auf mit Lesen und klappte das Buch zu, eigentlich ein Tagebuch, das er aber von Zeit zu Zeit nutzte, um sich ein paar Gedanken für bestimmte Vorträge hinein zu notieren. Wenn man versuchte, die Dinge zu formulieren, wurde einem selber manches klarer. Gerade in einem Bereich wie in dem der Altersforschung gab es immer wieder Zuhörer und Journalisten, die wissen wollten, wie reflektiert er seine Forschung betrieb und in welch größeren Sinnzusammenhang er sie stellte. Der Tod hatte etwas Unwirkliches, Rätselhaftes, nicht Hintergreifbares. Es war nicht einfach ein Stück Materie oder eine kaputte Maschinerie, die abhanden kam, sondern eine Person als Person. Wenn jemand stirbt, betrauern wir ja nicht elektrische oder chemische Vorgänge, sondern die Person. Wir betrauern eine erlebende Person und nicht elektrische oder chemische Vorgänge und seien sie noch so sehr zu einem System vernetzt untereinander und sei deren Zusammenspiel noch so komplex. Damit bleibt unsere Betrachtungsweise nicht auf einer rein materiellen Ebene, sondern geht auf eine neue, andere Ebene von Sinn und Bedeutung. Allerdings nicht die Person bestimmte, ob sie bleiben konnte, sondern der Körper. Und auch zu Lebzeiten schon konnte diese Person größtenteils abhanden kommen. Demente, die sich an nichts mehr erinnern konnten, die sich selber im Spiegel nicht mehr wiedererkannten, die vielleicht gar nicht mehr wussten, dass sie existierten. Die Person verschwand, wenn bestimmte Prozesse im Körper aufhörten. Aber es bleibt dabei: Die Person wird als etwas von biophysikalischen und biochemischen Vorgängen Verschiedenes wahrgenommen. – Manchmal stellte er sich vor, wie er in einem späten Lebensabschnitt selber von außen auf sein eigenes Leben zurückblicken würde. «Das also war mein Leben, das war meine Kindheit, das war meine Jugend, das war meine Studienzeit, das waren die verschiedenen Etappen meines Berufslebens. Hätte manches anders verlaufen können?» Und manchmal stellte er sich vor, als Familie mit Frau und Kindern in einem Haus zu wohnen und dass sie alle eines Tages nicht mehr da sein würden und er dachte an all die Gespräche, die in diesem Haus geführt worden waren, an all die Dinge, die in ihm passiert waren. – Eine seltsame Vorstellung.

Die Fährte 'Angebot`

Ihr Anblick entfachte in ihm sofort innere Unruhe und Aufregung, unbeantwortete Fragen, Phantasien über kriminelle Energien, Kanäle und Verbindungen, das drängende Bedürfnis nach Aufklärung. Sie ging auf der anderen Straßenseite inmitten von Passanten auf dem Bürgersteig und schaute gerade etwas in eine Richtung weg von ihm, konnte ihn daher noch nicht erblickt haben. Es war die junge Frau, die ihm vor einer Weile das Angebot überbracht hatte, seine Forschertätigkeit zu sehr großzügigen Konditionen an einem anderen, im Ausland gelegenen Zentrum fortzusetzen. Seit dem gewalttätigen Einbruch erinnerte er sich an das Treffen mit ihr mit noch mehr Misstrauen als vorher. Zwar hatte er der Polizei auch von diesem Ereignis berichtet – allerdings hatte er den Beamten von am Institut erreichten sehr interessanten Fortschritten gesprochen und nicht die volle Dimension des Erreichten dargelegt -, aber alle diesbezüglichen Untersuchungen schienen wohl auf keine heiße Spur hingeführt zu haben. Dennoch: Zweifel nagten aus seiner Sicht an der Version einer auf normalem Wege zustande gekommenen Personalsuche. Was die Zweifel, die er hier hegte, nährte, das war einerseits die ziemliche zeitliche Nähe eines fabelhaften Angebotes zum Erreichen herausragender, aber bislang geheim gehaltener Forschungsergebnisse. Andererseits war es die gleiche relative zeitliche Nähe zu einem mit Insider-Wissen gezielt durchgeführten Einbruch. Schließlich war diese Straftat bislang nicht aufgeklärt, noch war es erwiesen, dass John Gelder sicherheitsrelevante oder forschungsrelevante Informationen über das Institut nach draußen gegeben hatte. Die Aussicht, das Verlangen jetzt etwas tun zu können, was vielleicht dazu beitragen könnte, all diese Ungewissheiten zu beseitigen, wurde übermächtig, gewann die Oberhand. Als der Autoverkehr für einen Augenblick nachließ, wechselte er in einem günstigen Moment die Straßenseite und heftete sich an ihre Fersen.

Sie stand jetzt schon an einer Ampel, inmitten einer Menschenmenge. Ihr in hellen Spätsommerfarben erstrahlendes Halstuch diente ihm als Orientierungshilfe. Als die Ampel grün wurde, setzte sich die Menge in Bewegung. Er konnte eben noch aufschließen und die Straße gerade noch überqueren. Auf der anderen Seite überholte er eine Reihe von Leuten vor ihm und beschleunigte seinen Schritt noch mehr, um sie nicht aus den Augen zu verlieren. An der nächsten Kreuzung bog sie in eine wenig belebte Straße ab. Er folgte ihr, immer bedacht darauf, genügend Abstand zu halten und sich hinter den wenigen Fußgängern verstecken zu können, die hier vor ihm hergingen, für den Fall, dass sie sich einmal unverhofft aus welchen Gründen auch immer umdrehen oder zurückblicken sollte. An der nächsten Einmündung drehte sie nach rechts ab. Als er Augenblicke später die Stelle erreichte, blickte er in eine leere Straße. Lediglich ein alter Mann schlurfte auf der gegenüber liegenden Seite und weg von ihm an den Häusern entlang. Er eilte in die Straße hinein. Sie war etwa 250 Meter lang, links und rechts moderne, erst kürzlich fertiggestellte, 6 bis 8 Stockwerke hohe, helle Bauten. Erdgeschoss und erstes Stockwerk waren nach außen meist als Einheit verglast. Zusammen mit zwei Etagen hohen Säulen und variablen Abfolgen und Ensembles eleganter, langer, schräger Stützpfeiler in diesem Bereich verlieh dies den Bauten Grazie, Leichtigkeit, Weite, ja mitunter eine gewisse Erhabenheit und schwerelose Monumentalität. Er schaute in Eingangsbereiche von Wohn- und Bürogebäuden, er schaute in Tiefgarageneinfahrten. Plötzlich stand er vor einem sehr großzügig breit angelegten offenen Treppenaufgang, der von der Straße zwei Stockwerke hoch hinaufführte. Oben angekommen, befand er sich in einem lichtdurchfluteten Innenhof mit steinernen schönen weißen Sitzgelegenheiten. Rundherum, hinter Fenstertüren, Büroräumlichkeiten mit Arbeitstischen, Computern, Pausennischen, alles noch verlassen, aber offensichtlich bereit, um demnächst in Betrieb genommen zu werden.- Er war allein. Frustriert und verschwitzt gab er die Suche unverrichteter Dinge auf. Es war eben nicht einfach, jemandem zu folgen, ohne ihn zu verlieren.

Als er wieder in seinem Apartment anlangte, hatte er beschlossen, sie anzurufen. Sie war wohl noch in der Stadt. Er musste diese Gelegenheit nutzen. Er kramte die Visitenkarte, die sie ihm gegeben hatte, aus einer Schublade hervor. Einem Treffen mit ihm würde sie, vielleicht in der Hoffnung, dass er doch noch auf ihr Angebot eingehen würde oder, falls die Stelle schon vergeben war, einfach um für eine andere Gelegenheit Kontakt mit ihm zu halten, wohl zustimmen. Vielleicht aber auch nicht, denn sie ging wohl – übrigens zu Recht – davon aus, dass er es gewesen sein musste, der ihr die Polizei auf den Hals geschickt hatte, da er wohl kaum ein Interesse haben konnte, anderen am Institut von diesem Angebot zu erzählen. Wie immer, sie weilte vielleicht morgen oder in den nächsten Tagen noch in der Stadt und so wäre eventuell eine Begegnung für beide ohne größere Umstände möglich.

Das Treffen fand schon am nächsten Tag statt, in einem Café, das nicht auf dem Campus lag. «Haben Sie doch noch Gefallen gefunden an unserem Angebot?», erkundigte sie sich etwas scherzhaft. «Man soll nie 'nie` sagen», entgegnete er, «aber darum geht es diesmal nicht. Kennen Sie den Mann hier?» Er zeigte ihr ein Photo des Verhafteten John Gelder aus einer Zeitung. «Ja, die Polizei hat mich schon im Zusammenhang mit dem gewaltsamen Einbruch an ihrem Institut auf ihn angesprochen. Er hatte, nachdem er seinen Arbeitsplatz bei ihnen aufgegeben hatte, eine neue Stelle in meiner Stadt angetreten und war hier auch auf der Ausgehkulisse unterwegs. Kennengelernt habe ich ihn in einem Café, das ich öfters mit einer Freundin besuche. Über ein paar Kaffeeplaudereien ist unsere Bekanntschaft allerdings nie hinausgekommen.» «Hat er nie über unser Institut gesprochen?» «Er hat sehr wenig darüber erzählt und in jedem Falle nichts, was irgend eine Preisgabe von Geheimnissen gewesen wäre.» «Wie sind Sie bei ihrer Personalsuche damals eigentlich auf mich gekommen?» «Als ich einmal sagte, dass wir unser Forscherteam verstärken wollten, erwähnte er Sie als Wissenschaftler mit herausragenden Leistungen, um den zu werben es sich lohnen würde. Das war mit ein Anstoß dafür, dass Sie immer mehr in den Fokus unserer Personaldiskussionen geraten sind. Und Ihre Telephonnummer ist schon auf Ihrer Webseite zu finden.»

Alex warf noch einen Köder ins Gespräch: «John war ein sehr gut aussehender Mann.» «Aber ich war keine fügsame Frau», schmunzelte sie. «Er war für meinen Geschmack zu bestimmend. Ich gehöre nicht zu jenen Menschen, die es jedem um jeden Preis recht machen wollen, und am Ende ihrer Tage von sich sagen müssen: 'Mein Leben hat jedermann gefallen, nur mir nicht'. Außerdem schien er viel Geld zu brauchen und Männer, die viel Geld brauchen, brauchen auf Dauer meist auch mehr als eine Frau. Ich denke, er hatte ein Stück weit etwas von jenen Menschen, bei denen eine einzige herausragende Eigenschaft alles Negative in ihrer Person in den Hintergrund drängt und überstrahlt, zumindest für eine Weile.» «Das haben Sie alles so schnell herausgefunden?» «Les petits signes, qui ne trompent pas. Die kleinen Anzeichen, die verraten, wie die Dinge wirklich sind», lachte sie und fügte hinzu: «Und ist es im Übrigen nicht oft so, dass die Personen, Dinge und Vorhaben, in die wir zunächst große Erwartungen setzen, uns später enttäuschen, während das von uns am Anfang weniger oder gar gering geschätzte sich als der eigentliche Hauptgewinn, das tatsächlich Wertvolle erweist?» «So wie vielversprechende Politiker, die sich oft als nur viel versprechende Politiker entpuppen.», bestätigte er. «Ein Glücksfall, dass sie mich angerufen haben, als ich gerade in ihrer Stadt weilte», sagte sie. Er merkte, dass sie an diesen Zufall nicht glauben mochte. «Ich habe sie gestern zufällig von weitem inmitten von Leuten gehen sehen.» «Ah ja, ich verstehe.» «Was hat Sie denn Schönes wieder einmal in unsere Stadt geführt, wenn ich fragen darf?» «Eine Freundin von mir hat gerade eine Arbeit hier gefunden und eine Wohnung, ein nagelneues Apartment, hier bezogen. Gerade am Anfang hat man in einer neuen Umgebung in der Regel ja auch noch keine Bekannten. Ich habe sie besucht.» «Dann werden wir uns vielleicht das eine oder andere Mal noch über den Weg laufen», sagte er. « Ich würde mich freuen!», erklärte sie.

Als sie sich etwa zwanzig Minuten später trennten, hatte er den Eindruck gewonnen, dass die Spur 'Angebot' auf ein totes Gleis führte und zur Aufklärung nichts weiter mehr beitragen konnte.

Beziehung unter besonderen Vorzeichen

Ihre Beziehung schien sich nicht verändert zu haben. Als er Hanna einmal darauf ansprach, ob sie wirklich voll hinter einer Verbindung mit einem zweiunddreißig Jahre älteren Mann stehen könne, antwortete sie, ihre Gefühle für ihn hätten sich nicht verändert und ein Mehr an Erfahrung von zweiunddreißig Jahren in vielen Bereichen sei ein Vorteil, im Übrigen beweise sein Aussehen, dass er auch körperlich noch sehr jung sei. Kein einziger Vorwurf auch von ihrer Seite, dass er sie nicht gleich von Anfang an darüber aufgeklärt hatte, mit wem sie es eigentlich zu tun hatte. Dennoch stellte er sich manchmal die Frage, was sie wirklich dachte. Einen direkten Zugang zu den Gedanken und Gefühlen anderer gab es nicht, alles Verhalten oder dessen Ergebnisse bedurfte der Interpretation und für Auffassungen darüber, was jemand getan habe, wie jemand etwas gemeint habe, warum er etwas geäußert oder getan habe, dafür gab es eben nie eine absolute Gewissheit. Selbst direktes Fragen konnte hier nicht helfen, denn einmal abgesehen davon, dass der oder die Befragte lügen konnte, garantierte nichts, dass man ihn bei seiner Antwort so verstanden hatte, wie er es gemeint hatte und natürlich garantierte schon nichts, dass er unsere Frage so aufgefasst und verstanden hatte, wie wir sie gemeint hatten. Aber bewegte sich nicht nur unser Erklären und Verstehen von Verhalten, sondern Verstehen überhaupt im Kreis? Das Verständnis des Ganzen war abhängig vom Verständnis der Teile und umgekehrt. Man blieb eben so lange bei einer bestimmten Lesart der Dinge, wie man damit gut zurecht kam. Und so war es auch hier.

War nicht jener kleine Irrtum, jener kleine Fehler, jene kleine Vergesslichkeit, die man bei einem Zweiunddreißigjährigen auf eine momentane Unkonzentriertheit, auf eine momentane Müdigkeit zurückgeführt hätte, bei einem um Jahrzehnte Älteren schon ein Nachlassen geistiger Fähigkeiten, ein Abbau geistiger Kräfte? War nicht jenes kleine Unwohlsein nicht eine vorübergehennde, belanglose Unpässlichkeit, sondern das erste Anzeichen einer ernsthafteren körperlichen Erkrankung? Manchmal meinte er, ihr Misstrauen in einem etwas besorgteren Blick oder Unterton zu spüren. Oder hatte er diesen Eindruck manchmal, weil er wusste, dass sie wusste. Offen zu Tage trat ihr Bewusstsein für Risiken in Momenten, wo sie ihn drängte, an ab einem gewissen Alter oftmals empfohlenen Vorsorgeuntersuchungen teilzunehmen.

Auf der anderen Seite mochte die Tatsache, direkter Mitwisser und Zuschauer eines bislang so seltenen Experimentes zu sein, auch vielleicht einen besonderen Reiz für sie haben. Einmal äußerte sie sogar die Hoffnung, neue Erkenntnisse könnten ihren Eltern, die natürlich keine zwanzig mehr waren, zugute kommen. Als Einzelkind müsse sie, wenn ihre Mutter und ihr Vater noch älter werden würden, umso mehr Verantwortung für sie tragen.

In einer Hinsicht bedeutete die Tatsache, dass Hanna nun Bescheid wusste, jedenfalls eine Erleichterung. Alex konnte nun frei zu ihr über sein früheres Leben sprechen. Bekannte aus dieser Zeit, gab es dort, wo er jetzt lebte und arbeitete fast keine.

Hanna und er waren übereingekommen, so wenig wie möglich über ihre Altersdifferenz nach außen verlauten zu lassen. Das galt auch für Hannas Eltern, jedenfalls bis auf Weiteres.

Die Entführung

Das Quietschen der Reifen ließ ihn zusammenfahren. Dann ging alles sehr schnell. Die Ladetüren des Kleinlasters, der wie ein einschlagender Blitz vor ihm gestoppt hatte, flogen auf, vermummte Männer sprangen heraus, er wurde von allen Seiten gepackt, jemand presste ihm ein dickes Tuch auf den Mund. Seine heftige Gegenwehr blieb erfolglos. Er wurde in das Fahrzeug gezerrt. Der Laster war schon wieder in Fahrt. Im Inneren bekam er Handschellen an, wurde an den Füßen gefesselt, geknebelt. Ein schwarzes Tuch, das man ihm über die Augen um den Kopf band, verhinderte, dass er etwas sehen konnte. Seine Entführer gingen schweigsam zu Werke, ohne auch nur ein einziges Wort zu verlauten. Er hörte, wie die Flügel der Ladetür verschlossen wurden. Aber schon nach etwa zehn Minuten hielt der Transporter wieder an. Die Ladetür wurde offenbar wieder geöffnet, er vernahm Schritte, Springen, Schritte, Türknallen.

Die drei Männer, die mit ihm im Laderaum gewesen waren, schienen in die Fahrgastzelle umzusteigen. Er spürte, dass er jetzt alleine in seiner fahrenden Gefängniszelle war.

Als sich seine erste Aufregung, Überraschtheit, Verwirrung und Wut etwas gelegt hatten, tat sich ihm eine ganze Innenwelt abgrundtiefster Befürchtungen und Fragen auf. Warum wurde er gekidnappt? War er vielleicht nur ein Zufallsopfer? Wer waren die Entführer? Was hatten sie mit ihm vor? Die Erinnerung an Fälle, in denen Entführte vor laufender Kamera von ihren Kidnappern auf das Grausamste hingerichtet, umgebracht wurden und sich jedermann dann im weltweiten Internet das anschauen konnte, ließ seine ganze Existenz, sein ganzes Dasein zu reiner Panik, zu purer, nackter Angst werden. Und noch eine albtraumhafte Vorstellung ging ihm nicht mehr aus dem Kopf: die, Hanna könne ebenfalls entführt worden sein. Schon kurz nach dem gewaltsam verlaufenen Einbruch im Institut kursierte dort die Befürchtung, nahe Angehörige oder Freunde von Forschern könnten entführt werden. Die Kidnapper könnten damit drohen ihnen etwas anzutun, sie eventuell sogar zu töten, wenn der betroffene Forscher nicht bereit wäre, den Entführern Schlüsselforschungsergebnisse zuzuspielen. Auch Hanna war sich dieser Möglichkeit nach und nach bewusster geworden und in der Folge sprach sie mehr als einmal ihr verdächtig Vorkommendes an.

Etwa dreißig bis vierzig Minuten fuhr das Fahrzeug nach dem letzten Anhalten jetzt ruhig dahin, als er auf einmal aufgeregte Stimmen aus der Fahrerkabine hörte, in einer Sprache, die er nicht verstand. Manchmal schienen ein paar Sätze Französisch dabei zu sein. Plötzlich legte der Kleinlaster gewaltig an Fahrt zu, fuhr nicht mehr, sondern schien fortan zu rasen.

Die Fahrt ging über etliche Stunden. Einmal schlief er zwischendurch ein. Ab und zu hörte er Stimmen aus der Fahrgastzelle. Zweimal wurde angehalten. Augenbinde, Knebel, Handfesseln wurden ihm für die kleinen Aufenthalte abgenommen, die Füße so neu gefesselt, dass er kleine Schritte machen konnte.

Seine Entführer blieben vermummt. Es gab eine Kleinigkeit zu essen, zu trinken, die Gelegenheit, eine eventuelle Notdurft zu verrichten. Der Kleinlaster besaß eine viertürige Doppelkabine, bot den Entführern – es waren vier - also reichlich Sitzangebot, das Gefährt hatte aber keine offene Ladefläche, sondern einen geschlossenen Laderaum mit einer zweiflügeligen Tür hinten am Fahrzeug. Einmal hatte er Gelegenheit, einen Blick von der Seite auf das Nummernschild zu erhaschen. Es schien ihm ein französisches Nummernschild zu sein. Viel erkennen konnte er aber nicht.

Sie waren jetzt schon wieder wohl Stunden unterwegs, als das Auto anhielt. Leute stiegen ein zu ihm. Sie hantierten, soweit er vernehmen konnte, an irgend welchen Gerätschaften. Plötzlich stülpte jemand ihm eine Maske über. Er spürte, merkte noch, wie ein Gas ihn anflutete.

Ein schwaches Licht und ein leises Plätschern drangen zu ihm. Erst nach und nach wurden verschwommene Eindrücke wieder zu scharfen Bildern. Er lag in einem großen, hohen Felsraum, in den durch eine mannshohe und -breite Öffnung an einer Seite gedämpftes Licht hereindrang. Als er den Kopf wandte, bemerkte er, dass der Raum sich nach hinten verengte und nach unten zu führen schien. Ein kühler Luftzug umwehte ihn und ließ ihn leicht frösteln.

Jetzt erinnerte er sich wieder: die Eindrücke seiner Entführung kehrten zurück, seine Lage als Gefangener holte ihn wieder ein. Aber zu seinem Erstaunen hatte er nicht nur keine Augenbinde mehr auf, war nicht mehr geknebelt, sondern konnte sich völlig frei bewegen, hatte weder Hand- noch Fußfesseln mehr. Was ihn noch mehr verwunderte, neben ihm lagen ein Desinfektionsspray und eine Taschenlampe. Er knipste sie an. Sie funktionierte!

Noch etwas benommen rappelte er sich hoch und törkelte zu dem übertürgroßen Loch in der Felswand, von wo ein gluckerndes Geräusch kam. Sein Blick fiel hier auf einen größeren Bach oder einen kleinen

Fluss, der nach rechts von ihm nach etwa dreißig, fünfunddreißig Metern unter einer hohen, leicht bogenförmig gewölbten Felsöffnung ins Freie trat. Er drehte um und bewegte sich neugierig nach hinten, wo ein Gang in der Grotte in die Tiefe führte. Hinter einer kleinen Kurve leuchtete seine Taschenlampe in einen hohen Saal voller wundervoller Stalagmiten und Stalagtiten, eine Höhlenkathedrale, hinein. Ein Abstieg dorthin würde ohne besondere Ausrüstung zu abschüssig sein.

Abgesehen von seinem Smartphone hatten seine Kidnapper nichts entwendet, sogar das bisschen Geld, das er bei sich gehabt hatte, seine Kreditkarte von einem internationalen Finanzinstitut und sein Taschenwerkzeug Swiss Card steckten noch in einer seiner Hosentaschen. Offenbar lag es nicht in der Absicht der Entführer, ihn zu berauben. Er spürte, fühlte an beiden Armen etwas unter seinem Hemd, sah nach, entdeckte: Rechts: ein Pflaster, darunter ein Einstich, wie von einer Blutabnahme oder Injektion, links: ein richtiger kleiner Verband. Er hob auch ihn vorsichtig etwas an. Die Wunde, wenige Millimeter tief, noch keinen Zentimeter lang und breit, wirkte, als ob jemand an der Oberfläche eine grobe Gewebeprobe genommen hätte.

Es durchzuckte ihn wie ein Blitz, plötzlich begriff er: Er, er war der Prachtgrundkärpfling. Was in seinen Gedanken seit seiner Unterredung mit dem Polizeibeamten eine ab und zu auftauchende, spekulative Vermutung gewesen war, war ihm jetzt schlagartig Gewissheit . Er war etwas älter geworden, ohne dass er in einem erwartbaren Ausmaß gealtert war . Er war der Prachtgrundkärpfling und "geliefert" worden war er während seines fast allmorgendlichen Spaziergangs in der Nähe des Institutes, bei dem er sich etwas frische Luft gönnte, Ideen und Inspiration sammelte, bevor er seine Arbeit aufnahm. Hier war er leicht aufzutreiben gewesen, da er meist dieselben Wege, Straßen und Parkanlagen durchschritt.

Aber warum dieser weite Weg, warum so viel Aufwand? Nur um einiger kleiner Untersuchungen wil-

len? Oder hatte man ihm etwas gespritzt oder einge-
setzt, wovon er noch nichts wusste. All das hätte man
im Prinzip überall durchführen können. Und konnte
und durfte er tatsächlich die Höhle frei verlassen?
Waren Wächter an ihrem Ausgang? Letzteres schien
unwahrscheinlich: bei so viel Bewegungsspielraum
wie er hatte, erhöhte sich das Risiko, dass er ent-
wischte oder dass er Versteck in der Grotte spielte,
wenn man mit ihm reden oder etwas machen wollte.
Warum ließ man ihn dann jetzt einfach gehen?

Die Entführer wussten in jedem Falle, wo er sich im
Augenblick aufhielt und wenn sie ihn auf diese Weise
freilassen wollten, so konnten sie es sich doch jeder-
zeit anders überlegen. Daher musste er von hier so
schnell wie möglich weg, verschwinden, raus aus der
Höhle.

Ein breiter, felsiger Pfad führte auf seiner Seite am
Fluss an der Felswand entlang zum Ausgang – aber
auch noch nach hinten, jedenfalls bis dahin, wo der
Fluss an einer Biegung aus der Dunkelheit hervortrat.

Das Gewässer schien, wie an seinem Bett erkennbar, derzeit auch etwas weniger Wasser zu führen als sonst zumeist. Er musste auf seinem kurzen Weg ans Licht aufpassen, der stellenweise vom Wasser schon unterhöhlte Fels unter ihm war ab und an glitschig und rutschig.

Als er endlich ins Freie trat, blickte er in eine Abendsonne, die als übergroß erscheinender glutroter Ball kurz über dem Horizont stand und ihr Licht über eine weite, von bewaldeten Gebirgskuppen und –ketten durchzogene Naturlandschaft ergoss. Niemand war ihm entgegengetreten. Erleichterung und Freude von einer Tiefe und Unendlichkeit, wie er sie noch nie empfunden hatte, ergriffen ihn.

Irgendwo nicht allzu weit weg musste es eine Straße geben, von der aus die Entführer ihn, nachdem sie ihn inhalationssediert hatten, hier hoch gebracht hatten. Eine Art Pfad, der zur Grotte führte, glaubte er auch auszumachen. Ihn einzuschlagen schien ihm zu riskant. Er folgte zunächst einfach dem kleinen

Fluss. Pflanzen und Gerüche erinnerten ihn an eine südwestfranzösische Landschaft. Die Dunkelheit brach herein. Er wollte sich nicht durch Licht verraten und ohnehin wusste er nicht, wie lange die Batterien seiner Taschenlampe vorhalten würden. Daher beschloss er, sich vom Wasser ein Stück weit weg in das umgebende bewaldete Naturland zu begeben, um an einem geeigneten Platz die Nacht zu verbringen.

Ende und Anfang

Die Zukunft ist schön
– wenn man jung ist.

Er merkte gleich, dass etwas nicht stimmte. Die Einwohner des kleinen Dorfes standen vor ihren Häusern und diskutierten besorgt untereinander. Immer wieder gingen ihre Blicke zum Himmel, öfters fixierte jemand die Fahne, die über dem kleinen etwas repräsentativeren Haus, das als Rathaus und Polizeistation diente, wehte.

Er war am frühen Morgen, kurz nach Sonnenaufgang, aufgebrochen, immer nahe am Fluss entlang. Die Nacht war unruhig verlaufen. Er war es nicht gewohnt in freier Natur in einem Gebüsch auf Waldboden zu schlafen. Hinzu kam seine Furcht vor Wildtieren, Wildschweinen zum Beispiel. Aber, wie im Leben

eben alles auf einem Hintergrund erlebt wird, im Angesicht des gerade durchgestandenen Albtraums seiner Entführung erschienen ihm solche Befürchtungen und Bedenken relativ klein. Nur einmal, spät in der Nacht, war er wirklich tief eingeschlafen, hatte Müdigkeit ihn definitiv übermannt. Aus diesem Tiefschlaf war er von den ersten Strahlen der Morgensonne geweckt worden.

Nach etwa anderthalb Kilometern am Fluss entlang war er auf eine Brücke gestoßen. Er stieg die Böschung zur Straße hoch. Die Straße war geteert. Er wusch sich zunächst noch, mit Flusswasser, dann entschied er sich, die Richtung nach links von ihm zu nehmen. Zwei-, dreimal kam ein Auto an ihm vorbei. Schon wenn er eines hörte, schlug er sich sofort zur Seite in den Wald und versteckte sich. Der Weg führte schon bald bergauf über eine hohe Bergkuppe, dann taleinwärts. Nach einer guten Stunde Fußmarsch war er am Rande eines Dorfes angelangt. Das Ortsschild verriet ihm: Er war tatsächlich in Frankreich.

Das Dringendste war jetzt, Hanna und das Institut davon in Kenntnis zu setzen, was passiert war und wo er abgeblieben war. Hanna machte sich wohl Sorgen. Sie weilte zur Zeit in Spanien. Ihre Eltern hatten dort seit kurzem ein kleines Haus erworben und Hanna half ihnen, es einzurichten. Sie hatte ihn dabei jeden Tag angerufen und konnte keine Erklärung dafür haben, dass er nicht erreichbar war. Auch musste seine sofortige Rückkehr nach Lux organisiert werden. Vielleicht gab es Besseres oder Billigeres als eine teure Taxifahrt. Ob es Sinn machte, die Entführung bei der Polizei anzuzeigen, darüber würde man sich am Institut wohl noch beraten müssen. Er musste jetzt so schnell wie möglich telefonieren und erkundigte sich daher bei einem Passanten nach einem Postamt .

Sie klang erleichtert, froh und besorgt zugleich. Erleichtert aber war er nicht weniger. Sie war also bislang nicht entführt worden! Nicht auszuschließen, dass das der diskreten Art, wie sie ihr Verhältnis lange Zeit gehandhabt hatten, geschuldet war. «Bin ich froh, dass du anrufst! Ich habe x-mal versucht , dich zu erreichen . Wie geht es dir? Wo bist du jetzt? Bist du noch rechtzeitig weggekommen?» Er verstand nicht. «Rechtzeitig weggekommen, wovon?» «Fast ganz Lux und Teile der ausländischen Grenzgebiete zu Lux sind doch seit gestern evakuiert worden!» «Wieso das denn?» «Das hast du nicht mitbekommen? Das kann nicht sein. Wie ist das möglich, wo bist du?» – «Ich bin entführt worden, ich bin in Frankreich, ob du es glaubst oder nicht.» «Es hat eine gewaltige Katastrophe gegeben. Es geht in den Nachrichten die Rede von einem großen Frachtflugzeug, das in das Atomkraftwerk an unserer Grenze geknallt sein soll. Gerüchte gehen auch um von einem terroristischen Raketenangriff mit bunkerbrechender Munition, man hört auch noch, beides soll der Fall gewesen sein. Auf jeden Fall tritt Radioaktivität in einem Ausmaß aus, dass die Bevölkerung nicht bleiben kann.» Die Nachricht verletzte ihn so heftig, dass er die Wunde, den Schmerz zunächst nicht spürte. Allerdings, was diese Botschaft bedeutete, das war ihm sofort klar. Ein solches Szenario hatte ihn schon lange innerlich beschäftigt. Er erkundigte sich nach den Windverhältnissen in Lux am Tag des Unglücks und heute. Laut Berichterstattung in den Medien, so

Hanna, sei der Wind in Lux gestern aus unterschiedlichen Richtungen gekommen. Im Augenblick der Katastrophe sei er noch eine Stunde aus Südwesten gekommen, dann habe er für 3 Stunden nach Osten, Richtung Frankreich, gedreht, schließlich habe er in Richtung Norden geweht , immer mit 20 bis 30 Kilometern pro Stunde. «Chaotische Zustände herrschen jetzt wahrscheinlich in Lux. Die meisten sind auf so eine Situation überhaupt nicht vorbereitet, versuchen vielleicht das Nötigste und was ihnen lieb und teuer ist noch in aller Eile, wenn es möglich ist, zusammenzuraffen, wollen von der radioaktiven Wolke nicht eingeholt werden oder ihr so schnell wie möglich entfliehen.» Alex erzählte Hanna nun kurz, was ihm zugestoßen war und in welcher Lage er sich jetzt befand. «Da hast du noch Glück im Unglück gehabt», bemerkte sie. Das stimmte.

«Ich muss dir noch etwas sagen», sprach Hanna. «Ja, was?» Sie legte eine bedeutsame Pause ein. «Ich bin schwanger!» Ohne die atomare Katastrophe hätte die Nachricht eine völlig ungetrübte überwältigende Freude in ihm ausgelöst, denn er liebte Kinder und wünschte sich schon lange Nachwuchs, aber auch so noch geriet er in eine Art Hochstimmung. «Das ist ja phantastisch! Ich liebe dich! Ich freue mich riesig!», tat er seiner Begeisterung kund. Die beiden besprachen nun, wie es weitergehen sollte und kamen überein, dass er sich zunächst bei den Behörden als Flüchtling der Atomkatastrophe in Lux registrieren lassen sollte.

Als das Gespräch zu Ende war, versuchte er, das Institut anzurufen, aber es meldete sich niemand mehr. Er zahlte und verließ das Postamt und ging in Richtung Polizeistation.

Die Wunde begann gewaltig zu schmerzen und zu brennen. Er dachte an all die mit vielen Erinnerungen verbundenen schönen Orte, die er nun gar nicht mehr oder allenfalls nur noch für kurze Moment betreten konnte. Ganze Landstriche würden in den nächsten Jahrzehnten oder noch länger notgedrungen sich selbst überlassen bleiben, würden verfallen, verwildern, würden von Pflanzen überwuchert werden, die

Bauten zerfallen, zerbröseln. In seine Trauer mischte sich schon bald Wut, Wut auf eine Politik, die in großem Stil auf eine derart gefährliche Art der Energiegewinnung setzt, Wut darauf, dass man ein solches Kraftwerk direkt an die Grenze zu einem Kleinstaat baut. Die vielen ausländischen Einwohner Luxens würden in ihre Ursprungsländer zurückkehren. Die Luxer selber aber waren fortan ein Volk ohne Staat. Sie hatten keinen eigenen Staat mehr, der sie schützte. Sie waren jetzt nur noch Flüchtlinge. Die meisten von ihnen besaßen kein Vermögen im Ausland und hatten auch keine gut gefüllten Konten bei einer international aufgestellten Bank. Sie waren daher nicht nur Flüchtlinge, sondern mittellose Flüchtlinge, auf die Hilfe fremder Menschen völlig angewiesen.

Was die Dorfbewohner bewegte und beunruhigte, war für ihn jetzt natürlich klar. Sie sorgten sich, dass der Wind radioaktive Stoffe auch zu ihnen bringen konnte, behielten die Windrichtung misstrauisch im Auge, stellten Mutmaßungen über das voraussichtliche Ausmaß der Katastrophe an, darüber wie lange

wohl aus dem Unglücksreaktor Radioaktivität austre-
ten würde, diskutierten vielleicht auch darüber, ob sie
Evakuierte in ihrem Ort unterbringen müssten.

Um einiges verständlicher war ihm jetzt auch der
Ablauf seiner Entführung. Vermutlich war vorgesehen
gewesen, ihn nach Durchführung einiger Untersuchungen, Probenentnahmen und Befragungen wieder freizulassen. Dafür könnte sprechen, dass die
Entführer sehr darauf bedacht waren, ihm keine An-
haltspunkte über sie zu liefern. Nicht einmal ein Au-
toradio hatte er gehört. Vielleicht sollte er zu einem
Labor nicht allzu weit weg vom Ort seiner Gefangen-
nahme gebracht werden. Auf jeden Fall aber durch-
kreuzte die Katastrophe ihre Pläne. Wahrscheinlich
erfuhren sie davon über ihr Smartphone. Von nun an
ging es den Leuten in der Fahrerkabine darum, der
radioaktiven Wolke zu entkommen. Damit ihre Mis-
sion nicht völlig ergebnislos verlaufen sein sollte, haben sie dann noch ein paar Blut- und Zellproben genommen, bevor sie ihn auf eine Weise freiließen, die
möglichst weder ihn noch sie in Gefahr brachte. Nur

als lebendes Versuchskaninchen würden sie ihn weiter im Auge behalten und studieren können. Und warum war er nicht unter Druck gesetzt worden, Geheimnisse preiszugeben? Hatten die Entführer für so etwas keine Zeit mehr gehabt? Wurden sie etwa von Familie und Verwandten dringendst gebraucht, um sie in vor der Katastrophe sicherere Landstriche zu bringen und das Nötigste an Hab und Gut zu retten? Wie lange aus dem zerstörten Kraftwerk Radioaktivität in die Atmosphäre, in die Umwelt entweichen würde und konnte und welche Richtung die Winde in den kommenden Wochen einschlagen würden, war zunächst schwer abzuschätzen und offen. Würde man vielleicht irgendwann unter günstigeren Umständen ein zweites Mal versuchen, ihn zu entführen? Musste er damit nicht sogar unbedingt rechnen? Auch die Vorstellung gar, man habe ihm eventuell einen Peilsender eingepflanzt und die Entführer auch auf diese Weise versuchen würden, immer zu wissen, wo er war, begann ihn zu ängstigen und zu beunruhigen? - -

Ihm war angesichts der Katastrophe klar, dass er woanders als in Lux ein neues Leben würde beginnen müssen. Außerdem würde er jetzt wohl für eine kleine Familie zu sorgen haben. Schon in wenigen Jahren von einer kleinen Rente zu leben – denn die würde jetzt klein ausfallen – war keine akzeptable Perspektive. Überhaupt konnte er einem Rentnerdasein für sich nichts abgewinnen. Und so wusste er schon, nachdem er vorsorglich für seine Kreditkarte ein kurzzeitiges Versteck unter einem Stein gefunden hatte, was er erzählen würde, als er die Polizeidienststelle betrat.

Er sei mit dem Zug zu einem Geschäftsbummel in Thionville, einer kleinen französischen Stadt unweit der Grenze zu Lux und ganz in der Nähe der zerstörten Atomanlage, gewesen und in einem Café gesessen, als die Anordnung zur Evakuierung ausgestrahlt, gesendet und verbreitet wurde. Zwei junge Franzosen aus Südfrankreich, die auf der Rückreise von ihrem Urlaub aus Deutschland in Thionville Station eingelegt hätten und mit denen er ins Gespräch gekommen sei, hätten sich erbeten, ihn mitzunehmen. Da er keinen Familienanhang in Lux habe und es auch sonst ohnehin keinen zwingenden Grund gegeben habe, sich noch einmal nach Lux zurückzuwagen, habe er ihr Angebot dankbar angenommen. Er sei dann in dieser ländlichen Gegend ausgestiegen, in der Hoffnung nicht gleich in eines jener Massenquartiere für Flüchtlinge eingewiesen zu werden. Sein Fahrer und sein Begleiter, selber sehr beunruhigt und besorgt über die mögliche weitere Entwicklung, seien gleich weitergefahren, um so schnell wie möglich nach Hause zu kommen. Irgendwelche Papiere, mit denen er sich ausweisen könnte, habe er leider auf seinen Geschäftsbummel nicht mitgenommen. - Das Misstrauen stand dem uniformierten Mann ihm gegenüber ins Gesicht geschrieben. Bei solchen Ereignissen gab es auch immer Trittbrettfahrer, die nicht aus einer Notlage heraus Zuflucht in einem anderen Land suchten. Immerhin gab es bislang auch noch immer viele Wirtschaftsflüchtlinge, die aus vielen Ecken dieser Welt nach Mitteleuropa drängten. Der Beamte erkundigte sich nun nach vielen Einzelheiten, versuchte immer wieder, mit Fangfragen zu überprüfen, ob die gegebenen Antworten nicht in sich widersprüchlich wären. Er versuchte, sich seine große innere Anspannung von dem kräftigen uniformierten Überprüfer ihm gegenüber nicht anmerken zu lassen. Er war es nicht gewohnt, Geschichten zu erfinden, schon gar nicht unter dem Eindruck sich überstürzender dramatischer Ereignisse. War seine Geschichte schlüssig, enthielt sie vielleicht einen Widerspruch, den er in der kurzen Zeit nicht bedacht hatte? Schweißperlen traten ihm auf die Stirn. – Endlich schien das Fragen ein Ende zu haben. - Nur das gleichgültig absurde Brummen etlicher Fliegen erfüllte noch den Raum, als der Mann vor ihm schließlich aufstand und verlautete: «Sie brauchen provisorische Ausweispapiere.» Er entnahm aus einem Schrank ein Formular und forderte Alex auf, hierdrauf in Druckschrift einige Auskünfte zu seiner Person, Name, Geburtsdatum usw. anzugeben. Als Alex damit fertig war, reichte er das Blatt zurück. Der Polizeibeamte überflog die Angaben noch einmal und fragte dann:

«Wie alt sind Sie?»
«Zweiunddreißig.»